收集可愛的花朵編成花冠。
希望至少在此刻能讓這孩子
成為可愛的公主。

收集亮麗的花朵編成花冠。
希望這孩子所前進的道路
永遠為光明照耀。

一面數著花瓣，一面編織花冠。
希望我們這些小小的花朵，
在今天同樣能
盡量可愛，盡量開朗，
盡量熱鬧繽紛地綻放——

U0025887

菈琪旭・尼克思・瑟尼歐里斯

枯野 瑛
Akira Kareno

illustration
ue

末日時在做什麼？能不能再見一面？

Do you have what THE END? May I meet you once again?

2

光是能再次看見那張臉，
一路搭著飛空艇搖搖晃晃地過來
也值得了呢。
艾瑟雅・麥傑・瓦爾卡里斯

開什麼玩笑——我心想。
這種事不可原諒吧——我心想。
同時，我感覺到近似罪惡感的愧疚。
畢竟她們倆目前的「心愛之人」當中，
我肯定也名列其中。
而將來會殺了她們倆的那些蠢貨之中，
我肯定也會名列其中。
所以，我在這種時候該——
——欸，很痛耶！
啊，喂，蘋果！住手，我叫妳住手！
我正在思考重要的問題，
所以別扯我的頭髮，會痛，會痛啦！
費奧多爾・傑斯曼

死去之人，就再也見不著。
即使回首來時路，
留下的也只有回憶。
即使抬頭面向前方，
存在的也只有未來。
即使如此，我的腳仍然在動。
背對著以往愉快的那些日子，
不知何去何從地繼續走著。

末日時在做什麼？能不能再見一面？

2

枯野 瑛
Akira Kareno

illustration ue

Kadokawa Fantastic Novels

末日時
在做什麼?
能不能
再見一面?

contents

「遙遠的背影」

-lost in dark-

街道在燃燒。

熟悉的一切，都逐漸遭到火舌圍繞吞沒。

那裡直到片刻前，曾是上流住宅區（Higher Town）。僅有在豐饒的艾爾畢斯集商國之中格外富裕的人才能居住、擁有的園地一望無際。而現在則眼見其逐步焚滅。

原本漆成白、紅、藍的一棟棟宅邸正陸續染上相同的焦黑，連形體都逐漸崩毀。原本的常綠樹林道，如今已成了點亮整排巨大火把的光之大道。

「——騙人……」

在火星飄落的廣場一隅，有個戴著兜帽的嬌小人影，無力地癱坐在地。

「這不是……真的吧？」

那人筆直地凝視著那彷彿憑火光就能灼傷眼睛的烈焰。

眼睛眨都不眨，茫然自失地望著逐漸喪失的事物。

於此同時，火勢仍以驚人之勢，逐步拓展其勢力範圍。

有一頭〈獸〉，在這座懸浮島上被放了出來。

其名為〈廣覆的第五獸〉（Materno）。它是高黏性的液體集合體，沒有腳卻能緩緩地到處移動。還像強酸或某種莫名物質一般，能將接觸到的生物悉數溶解。

不過，那發生在離這裡頗遠的地方。而且〈第五獸〉的侵略速度絕不算快。儘管這座城鎮遲早也會被吞沒，但那是稍晚一點的事。還有時間。

「少擋路！」

捧著大件行李的獸人男子，將方才的嬌小人影猛力撞飛。

嬌小人影慘叫出聲，摔倒在石版道上。作工精美的外套隨即被煤灰與泥土弄髒。

群眾四處奔跑著。

他們幾乎無一例外地因恐懼而紅了眼，口裡各自發出莫名其妙的慘叫，喊著別人名字或禱告的話語。有人揹著大行李，也有人空著手。他們推擠其他人，只求搶先一步逃到港灣區塊，逃進飛空艇，逃出這座懸浮島。〈十七獸〉不會飛，這是在天上生活之人都知曉的常識。只要逃到空中，〈廣覆的第五獸〉就無法追來。

在混亂與恐慌驅使下，他們看不見腳邊。

那道嬌小人影就像顆球似的，一再被人踢來踢去。

連慘叫聲都完全被腳步聲及怒罵聲掩蓋。

不久後，好似被蔓延的烈火驅逐，群眾的身影從周圍消失了。

像破布一樣飽受摧殘地趴在石版道上的那道人影，打了個哆嗦後撐起上半身。

外套兜帽被扯破而不見了蹤影，原本隱藏著的真面目便顯露出來。

是個孩子。

在她的頭上長著三角形的黑耳朵。臉頰上有三對細長的鬍鬚。在混有獸人血統的家族中，雖然還算罕見，但偶爾就會像這樣生出略微顯露物種特徵的孩子。

那孩子再次茫然仰望著著烈火的彼端，望著前些時候還是日常生活一部分的地方。

「——喂，妳沒事吧！」

有個披著防火布的綠鬼族（Borgre）衝了過來，抱起像破布的她。

痛楚令臉孔緊繃，她微微發出悲鳴。

「我得摸妳喔。」

綠鬼族神情嚴肅地伸出手掌，隔著原是件外套的破布摸索那孩子的身軀。軟趴趴的觸感，看來她身上有多處骨折了，是不趕緊治療肯定會沒命的嚴重傷勢。

「請你……放開……我……」

她用提不起力氣的手，硬是將綠鬼族的手臂推回去。

「欸，妳……」

「我一定得去……才行……因為……」

「喂，妳別逞強！那邊已經沒救了，去不得啊！」

「就算不能去，我也一定得去……」

她在石版道上站起。

身子一邊搖晃，一邊朝著火焰邁開腳步。

「因為……今天原本是……能見面的日子……」

她立刻面臨極限。雙腿屈膝跪倒，身子從左肩垮下。

「我要見他……我得見他，並向他道歉……」

「啊，夠啦，都跟妳說行不通了！」

綠鬼族再次抱起那孩子。

也許是因為痛楚、疲倦或其他原因，或者以上皆是。令這孩子昏厥了。

綠鬼族咂了嘴，然後用披在自己身上的防火布裹住那孩子。

他當然察覺到了。〈獸〉的威脅和這座城鎮仍有距離。因此，目前熊熊燃燒的烈火，自然就與〈獸〉的來襲並無直接關聯。話雖如此，從火勢蔓延的速度來看，這想必不是單純意外。

首先，肯定有人刻意縱火。

有某個心懷惡意之人引發了這樁慘劇。

這裡是上流住宅區，是富翁的城鎮。對此處居民不太有好感的人應該絕非少數。而當中有人心想「反正所有東西很快都會被〈獸〉吞沒消失」、「只是早或晚的差別」就隨手扔了火把——恐怕是這麼一回事吧。

「真令人反感，受不了。」

綠鬼族呻吟似的吐露以後，就把遍體鱗傷的孩子扛到背上。

「費……多……」

仍未恢復意識的那個孩子發出囈語，喚著某個人的名字。

「對不……起……是我……太任性……我會……道歉……所以……」

綠鬼族低下頭，裝作沒聽見講給不在場之人的那些話語。

他重新將孩子揹穩，然後走向港灣區塊。

「於萌芽的季節」

-blurry border-

1. 某個老人之死

那一天，有個老人過世了。

萊耶爾市北街區，舊地下用水管控設施。那是殘存在歷史與時代夾縫中的小小空間，落成於這座城鎮以銅板與螺絲不停堆砌茁壯之際，封閉於職務遭其他設施搶走以後。

在它的角落，老人就像睡著般斷氣，一句話也沒有留在這世界上。

與這座城鎮同在的所有歲月都刻劃於臉龐，嘴邊還顯露滿足的微笑。彷彿道出他只是一路走來覺得累了，才會坐下稍事歇息。

沒有任何人看顧著他臨終。

唯有滿是灰塵與鏽蝕的舊世代機械發出了短短一瞬的運作聲，隨後再度沉默。

然後，它們再也不動了。

提到「發條鬍鬚爺爺」，許多人應該都會有印象。他是萊耶爾市引以為豪的知名老爺爺。個頭矮小且骨瘦如柴；留著不剃的長長白鬍鬚；身穿破爛又骯髒的工作服。他總會突然出現在萊耶爾市的各個角落，默默地維修遭人棄之不理的機械裝置，然後離去。

據稱他以前大概是名聲響亮的技術員；然而如今只是個怪人。

本名不詳；無親又無故；也沒有人自稱與他相識。

他無論面對誰都一語不發。當然也不會要求、收受報酬；他只是默默修理能修的東西，然後消失蹤影。

還有人把他當成都市傳說，更有人說他屬於妖怪或妖精的一種。其存在就是如此絕世脫俗，同時又與這座萊耶爾市渾然一體。

據傳他繼承了一絲遠古以前在地表滅亡的土龍族血統，是該族的最後倖存者。倘若屬實，這便是莫大的悲劇。因為勉強維繫達五百年以上的血脈，終究是滅絕了。其真偽自然不得而知，如今也無從確認。

如此一名孤獨老人的死有何意義，目前暫未顯露出來。

2. 逃亡者與追蹤者

雖然忘了名字，不過古人有云。

被女人追，對男人來說是值得自豪的動章。

後世有人替這句話作了補充。

既然收下動章，就要有賭命一戰的覺悟。

總之，費奧多爾四等武官正在跑著。

地點是第五師團兵舍的走廊上。

他跑得漂亮。鞋底輕踏於木質走廊，不發出聲響便衝過狹窄通道。時而與幾名身穿軍裝之人擦身而過，並目送那些驚訝的表情往背後流逝。其實墮鬼（Imp）族這個種族在開溜方面的本領也是頗負盛名。

貼在牆上的「禁止奔跑」標語從視野一隅橫越而過。他僅在心裡暗自賠罪。對不起，這是緊急事態，拜託現在放我一馬就好。

「你！給！我！站！住——！」

擔任追兵的少女扯開嗓門。

她年約十五六歲，身穿女兵用的軍便服。跨著大步，稱不太上是優雅的跑法。噠噠噠的腳步聲魄力十足，宛如捲起沙塵奔馳的馬車。她每跑一步，捲翹的青草色髮絲就會翩然搖曳。

「我叫你站住，聽到沒有！」

即使她那麼說，費奧多爾當然還是沒停下腳步。假如是被人要求站住就可以照辦的狀況，那他根本從一開始就不會逃了。

轉角逼近眼前。

正合其意。費爾多爾將身子往死角一甩，藉此拐了彎。

當然並不是說那樣就能逃之夭夭。只是可以從追兵的視野中消失短短幾秒而已。

而且，那樣就夠了。

「休！想！逃——」

少女追在消失的費奧多爾背後，跟著衝進轉角——

「——咦？」

她伴隨著疑惑的聲音，停下腳步。

眼前並沒有她原本追逐的少年武官身影。

相對地，有個橙色頭髮的少女看似吃驚地杵在那兒。

「菈琪旭！」

追蹤者少女——緹亞忒·席巴·伊格納雷歐——用力揪住同僚兼家人的菈琪旭·尼克思·瑟尼歐里斯的肩膀。

「呀啊！怎……怎麼了嗎？」

「費奧多爾剛才有來這裡吧，他往哪邊逃了？」

她力道十足地逼近。

「咦……呃。」

菈琪旭目光游移，看向走廊後頭。

「我懂了，那邊對吧——」

緹亞忒點了頭以後便轉向那邊，拔腿作勢要跑……接著突然把手伸向菈琪旭背後的門，將門大大地敞開。

無人的庫房。

生活用品雜亂堆積。散發出好似將渾水煮乾一樣難以言喻的臭味。

「唔，猜錯了嗎？」

「呃，緹……緹亞忒？」

「不是啦，因為菈琪旭妳很溫柔。我有點懷疑妳會不會袒護那傢伙，對不起喔。」

那我走嘍——這次緹亞忒揮手打完招呼以後，就真的跑了。噠噠噠噠噠。她發出以妙齡女孩不該發出的驚人魄力噪音，逐漸遠去。

菈琪旭目瞪口呆地目送對方。

最後，在完全看不見緹亞忒的背影以後，她才猛然回神。

「……那個，費奧多爾先生，她離開嘍。」

她搭話的方向與被打開的門相反。那裡是面朝兵舍中庭的窗口。

「哎，好險好險，得救了。」

費奧多爾跨過窗框，還頂著幾片新綠的樹葉探出頭來。

「得救了固然是好事。」菈琪旭看似困擾地問：「不過你又這次說了什麼惹她生氣的話呢？」

「啊……這有點難啟齒，或者該說無足輕重啦。」

「你不講，我就要叫緹亞忒來了喔。因為我是站在她那一邊的。」

「唔。」

以個性懦弱的菈琪旭來說，她的口氣難得如此強硬。

費奧多爾領悟這下子似乎溜不掉了，搔了搔頭。

「餅乾與比司吉。」

「……咦？」

「我們聊到用哪種沾巧克力會比較好吃。我屬於餅乾派，緹亞忒則屬於比司吉派。」

菈琪旭「噗嗤」地小聲笑了出來。

所以我才不想講啊——費奧多爾微微嘀咕。

「受不了，竟然因為點心而追著別人到處跑，她的心胸也太狹窄了。妳不覺得嗎？」

「……話雖這麼說，費奧多爾先生，這也表示你寧可被追著到處跑，就是不肯改變意見，對不對？」

「咦？因為餅乾好吃啊，不是嗎？」

菈琪旭掩著嘴角，還轉向旁邊忍笑。

「……緹亞忒是大姊姊。」

她突然冒出一句。

「自從學姊們離開妖精倉庫以後，她就成了最年長的妖精。明明幾乎沒有實戰經驗，卻非得成為小孩子的榜樣。她一直都繃緊神經，要求自己變得傑出，變得可靠。」

費奧多爾之前也聽過這件事。

「呃？」

「所以，我猜她一直都想交個可以打鬧的朋友。」

「……呃？」

他聽不太懂。

「我並不記得自己有跟她成為朋友就是了。再說，妳們彼此也是朋友，就不會偶爾打打鬧鬧嗎？」

「我指的並不是想跟朋友打鬧喔，而是想要個可以打鬧的朋友。」

「呃，我還是不懂妳的意思。」

「會嗎？」

菈琪旭稍作思索。

「不懂也無妨，保持原樣就好了。費奧多爾先生，請繼續維持這樣，緹亞忒就麻煩你關照了。」

「欸，等一下。我不懂妳是從哪種前因後果得出那種結論的。」

「所以嘍，你保持不懂就好了。」

「我就是在說自己無法接受那一點——」

「找到你啦——！」

緹亞忒從走廊角落現身。

彷彿把獵物逼得走投無路的狼，神色略嫌狠過頭。

她好歹也是妙齡女孩，鬧成那樣是否合適，令人質疑。

「糟糕。」

「不准動！」

緹亞忒猛奔。

費奧多爾也跟著起跑。

兩人就像季風一樣掃過走廊。菈琪旭捂住自己後腦杓隨之飄揚的頭髮，同時又嘻嘻地笑了出來。

†

如同任誰都知曉的知識。

如同任誰都差點忘記的體驗。

在過去，世界曾一度瀕臨滅亡。

而此刻，仍持續朝著滅亡邁進。

〈十七獸〉，這群好似由荒謬一詞化為實體的殺戮者出現在大地上，已是距今久遠之前的事。

當時興盛於大地的人類此一物種，在轉眼間就滅亡了。龍與古靈等擁有強大力量的種族，也乾脆地跟隨其後。勉強存活下來的生命，也從原本的居所遭到放逐，被趕到飄浮在天空的島上。

所幸在〈獸〉之中，並沒有能隨意飛翔的物種。只要避免降落大地，活著幾乎不必畏懼〈獸〉的威脅。因此，倖存者便將留給自己的小小天地取名為懸浮大陸群（Regulu Ere），開始在那裡過活。

爾後，漫長歲月流逝。

那應該是一段如履薄冰的日子。

雖說天上相對安全，但並非完全免受〈獸〉的威脅。若有閃失，原本暫緩的最後一場大屠殺就算在天上再續也不足為奇。持劍的人們拚死拚活，持續構築千瘡百孔的和平。靠縫補粉飾出來的安穩持續著。

世界就這樣流過了五百年以上的歲月。

人們習於安穩了。

說到底，懸浮大陸群在這幾百多年來依舊健在。那就算再過幾百年，也還是不會沉沒才對。許多人的想法已經有了如此的轉變。

「呀哈哈哈哈哈」的尖銳笑聲傳來。

數張扁平的白色臉孔並排著從街上跑過。

費奧多爾腦海裡浮現了「幽鬼成群」這樣的字眼。他霎時間怵然心驚地回頭。結果那群人影並沒有像童話中提及的霧妖(Spectrum)一樣，消融在陽光之下。

在那裡的是獸人孩童尋常無奇的背影。而剛才讓費奧多爾膽寒的白色臉孔，似乎只是他們戴在臉上的面具，這是理所當然的現實。

奧班希爾特西鎖街，太陽略為西斜的時刻。

「啊——」

費奧多爾一面將差點脫手的牛奶罐重新抱穩，一面嘀咕。

雖說只有短瞬，被那種東西嚇到仍讓他感到不甘心。

「原來奉謝祭的時期已經到了啊。」

「奉謝祭？」

走在身旁的緹亞忒發問，「是啊。」費奧多爾便隨口點頭回答。

「啊～妳們島上大概沒有舉辦吧？這附近的懸浮島就快要舉行那樣的節慶了。」

順帶一提，正確名稱為「準狄德兒納奇卡梅路索爾奉謝祭」。

這似乎取自創始者的聖人姓名，可是既長又難唸也不好記。因此大家都只稱作「奉謝祭」。簡而言之，就是長年盛行於二十幾號懸浮島周圍的節慶。

常言道：象徵死亡的冬季結束，象徵誕生與再造的春季便會來臨。換句話說，這個即將告終的世界尚未消失完結，十分可喜。因此眾人該當一同慶祝……總之，原本奉謝祭標榜的大概就是這麼回事。

「那種面具滿有意思的耶，是用石頭雕的嗎？」

緹亞忒一邊啃餅乾，一邊問道。

剛才那場爭執，以「你請我吃美味的巧克力餅乾就能服氣」的形式得到平息。費奧多爾無法釋懷的是：為什麼對方可以說得像在讓步？但他還是把心聲吞了回去。

「不，那是木頭材質啦，塗了幾層白色顏料上去而已。奉謝祭時期結束以後，就會集中焚化。好向死者澈底告別。」

「死者？」

緹亞忒又拋出疑問。

「有觀念認為在冬春交替之際，死者與生人的世界也會相互交融啊。死者失去了臉孔與姓名，所以無法直接與其交流，但是生人一樣藏起臉孔與姓名就立場相同了。藉這種方式，才可以跟理應見不到面的死者一起慶祝春天到來。」

費奧多爾聳了聳肩，語帶嘲諷地笑起。

「司空見慣的迷信啦。重點是可以趁節慶放膽玩鬧。大家只是需要能將玩鬧正當化的大義名分，就這樣。」

「哦……」

走在旁邊的少女則發出不太好揣摩心思的含糊附和並點頭。搞不懂她有沒有興趣。

「哪裡有賣呢？」

「到處都有。一到這個時期，服飾店與鞋店的貨架邊就會擺出那種面具。每張面具的圖案都有細微差異，臉形當然也會依種族而有不同，想找到合喜好的貨色，就得多逛幾間店嘍。」

「哦～」

色彩比剛才鮮明一點的回話聲。

「妳想要的話，接下來我們就找幾間店繞繞吧？」

「唔～……我是覺得有意思，不過呢，感覺還是有點微妙。」

「會嗎？」

「那是活著的人希望能見到過世的某人才戴的吧？這樣的話，我覺得我們就不能參與。」

「又是那一套啊。」

費奧多爾生厭地嘀咕。

據說，她們是妖精。而妖精只是迷途間冒出的死者遊魂，並非「生命」存在的正確型態。既然如此，要以生人的立場參與生死交會的慶典就怪了……緹亞忒想表達的大概就是那麼回事。

而她那樣的想法，起碼應該是沒有錯的。

不過，並非合乎道理就能讓所有人都信服。至少費奧多爾對那套將她們排除在外又太過便宜的論調，就沒有任何一絲認同。

以知識來說，他當然了然於心。年幼早夭，尚未完全契入自身生命的孩童遊魂於迷途間，結果造就了單純的自然現象誕生。和氣壓與濕度在種種作用下，結果引發了風雨或風暴是同一碼子事。因此，那跟風雨一樣，只要條件齊全就會出現在任何地方。

然而。風雨不會吃甜甜圈，不會揮劍，不會崇拜偉大的學姊，更不會哭著赴死。費奧多爾曉得她們有那些特質。所以，他無法順利接納「她們並非生命」這樣的大前提。

「我還是聽不慣妳那種想法。」

「我知道。可是，反正我又不想討你歡心。」

她淡然告訴他。

「在社會上，一般都會認為要討好上司才對喔。」

「唔～或許是那樣沒錯啦。」緹亞忒思索了一會兒又說：「不過，我也不太想看你心情好的樣子。感覺你也不會因為那樣就給我什麼方便。整體來想，我還是覺得沒必要。」

像隨口聊天氣一樣，講得毫無嫌棄之意。

「我還真是惹人嫌耶……」

「嗯，對呀。」

緹亞忒咧嘴，有些壞心地露齒笑了笑。

「我最討厭你了。」

——呿，什麼話嘛。

墮鬼族是專門撒謊的種族。這並不是單指主動扯謊的技巧之高。他們也能從其他種族所說的話語中，巧妙地嗅出虛假。

緹亞忒剛才說的話並不假。

她老實且坦率無比地，說出了「我最討厭你」。

說得十分親暱。

說得十分友善。

說得十分開心。如此由衷的一句「我最討厭你」。

（我也一樣——）

費奧多爾忍不住想回嘴。

（我也最討厭像那樣的妳啦。）

然而，他覺得就算講出聲音，也只會顯得輸不起。

所以將整句話都吞了回去。

†

這座萊耶爾市是瀕死的城市。

畢竟它幾乎肯定會在不遠的將來，與懸浮島一同滅亡。

因為如此，大多數居民都逃到其他島上了。過去充滿活力的礦山都市，如今已成為遙遠的往事。目前在這裡的，僅剩勉強沒有變成無人廢墟的冷清街容。

不過，形容為瀕死的同時，也表示它仍未死去。

萊耶爾市此刻依舊是都市。儘管是否保有其體制這一點並不好說，來日無多亦屬不變的事實，但它現在還沒有完全化為廢墟。雖然說人口大量減少，不過並未降為零。都市機能大多是靠勤快的自律人偶（Golem）維持。每日的班次固然是少了，但公營飛空艇仍然在巡迴，人員及物資姑且都持續流動著。

事發於大約半個月前。

萊耶爾市發生了港灣區塊大半遭到毀棄的事件。

港灣區塊是設置在各懸浮島供飛空艇停靠的設備。用平易的方式比喻，就是懸浮島的玄關。原則上來說，飛空艇這東西是設計成只能在各懸浮島的港灣區塊起降。因此任何人或物資，都要經由港灣區塊才能進出。設施重要性非同小可。

其機能喪失大半，無非表示島上與其他懸浮島的聯繫銳減。對一般都市而言會是直接定生死的大問題。

或許該說是不幸中的大幸吧。萊耶爾市根本用不著定生死，就已經瀕臨死亡了。飛空艇的起降次數早就緊縮，經濟狀況也沒有健全到物資流通發生若干遲滯就會出問題。

事已至此，等待臨終的城鎮就算受了點傷也不會大驚小怪。

它洋溢著入眠般的沉靜與安詳，今天依舊在這裡。

†

他們又在路上，與成群的白色面具錯身而過。

「…………嗯？」

費奧多爾驀然停下腳步，並且回頭。

連他也不太明白自己為什麼會有那樣的反應。

那就是一群詭異的人，事到如今不必再說明。接近節慶的這個時期，光是令人覺得詭異算不上多稀奇。即使萊耶爾市內的行人本來就少，在這方面也是一樣的。

由生人所戴，用以接近死者的白色面具。那能讓戴著的人隱藏臉孔，遮蔽身分，掩飾真實面目，打扮成「分不出是誰的某人」。不那麼做就無法與死者同在。

費奧多爾認為那是無聊的迷信。他不打算改變看法。然而，他覺得裡頭混有讓人不得不服的道理。戴面具的那些人，實際上都成了身分不明的「某人」。在街上滿是面具的現在，這裡就有像那樣的「某人」成群結隊地——雖然萊耶爾市的居民根本沒有多到可以這麼形容，總之人數還算可觀——在遊蕩。

「怎抹啦？」緹亞忒一邊繼續啃餅乾，一邊回頭。

「……之前憲兵科的人提過吧？因為港灣區塊在上次事件中半毀，為了往後的運用，他們重新整理過這半年來的運作紀錄。」

「嗯，對啊……他們是有說過。」

港口數量多，當中難免會有管理草率的地方。利用那些環節來互通違法物資的人，自然也會跟著出現。

「紀錄中發現了多處遭竄改的痕跡。據說將那些部分修改清查以後，進出島嶼的人數就不太協調了。他們說入島的人數明顯較多。」

「那是當然的吧，大家都說這座城搞不好就快沉了，誰會想進入島——咦？」

裝餅乾的紙袋差點從緹亞忒手裡滑落。

「咦，什麼意思？你指的是人變多了嗎？」

「是啊。還特地在文件上造假，偷偷入境呢。」

「咦～……難道說，這裡是隱藏的人氣景點？其實在不惜偷渡也會想住的城市中排行第一名嗎？」

不可能有那種事。

萊耶爾市是即將告終的城市。這幾年來一直都在慢慢地喪失活力，逐漸接近於無人的廢墟。而且就費奧多爾的記憶所及，至少在最近半年間，並沒有足以感受到人口增加的時間點。熟悉的麵包店一間又一間地撤下招牌，卻絲毫看不見新店面開張。

所以說，新來到這座城市的那批人，肯定都沒有在街上走動。更不會買甜甜圈支持麵包店的經營。

有大群來路不明的人，活在充斥機械裝置的街頭死角。

（姊姊她……應該也混在其中吧。）

費奧多爾想起前些日子才見過面的銀髮女子——與他血緣相繫的親姊姊。極富墮鬼族風格的墮鬼族。性格乖僻扭曲，長於說謊，逃跑迅速……而且正因如此，對算計及陰謀一類相當拿手。她都在這裡想些什麼？有何企圖？又有何作為呢？

「然後呢，那有什麼問題？」

「沒有。」

先不管姊姊的事，思考可疑分子的威脅性是憲兵科那些人的工作。與費奧多爾無關。不祥的預感固然是有，但總不能光憑這點理由就擅自採取行動。若要再順帶一提，他也沒有那種閒工夫。

或許潛伏著可疑分子的街上，有來路不明的一群人在走動。說起來，目前的狀況也就如此罷了。

3．蘋果與棉花糖

聽聞最近從市郊的森林中，有孩童的哭泣聲傳出。

據說就算放著不管，也還是哭個不停。

話雖如此，進了森林也找不到在哭的孩童身影。

「哭聲遙遠，對市內並沒有造成實質危害，可是總覺得令人心裡發毛……狀況似乎就是這麼回事。」

擔任護翼軍第五師團總團長的被甲族（Armado）一等武官說明結束之後，朝在場眾人看了一圈，態度像在問：「如何？」

「唔～妳們覺得呢？」

青草色頭髮的少女——緹亞忒帶著思索的臉色重新向所有人問道。

「從狀況來看，應該大有可能。」

紫色頭髮的少女，潘麗寶一臉從容地點了頭。

「要趕快去確認才可以。不在的話也沒有關係，但萬一**在**的話，還是會希望能早點接回來。」

菈琪旭看似擔心地表示意見。

「嗯，來進行捕捉大作戰！」

可蓉一面活潑地宣告，一面高高地抬起了手臂。

「……我說啊。」

而費奧多爾待在與少女們稍有距離的位置，略顯客氣地舉手。

「妳們四個不要只顧自己懂，也解釋給我聽好嗎？意思是妳們光從剛才的說明，就釐清什麼了嗎？」

「咦～」

緹亞忒露出了明顯嫌麻煩的臉色。這種反應大致在意料之中。費奧多爾從一開始就不期待她會用友善的應對方式。

「噢，我都忘了！」

可蓉毫無愧色地咧嘴一笑。

「哎，不好意思，我早就把你當成自己人了。」

潘麗寶開心似的一邊哈哈笑著，一邊拍了拍費奧多爾的背。這兩個人的應對方式同樣在預料之中。

「呃，那個……是這樣的，森林裡或許有我們的同族。」

菈琪旭看似過意不去地低頭賠罪好幾次，並開始幫忙解說。與其說這在意料之中，倒不如說是符合期待。

在怪胎雲集的四人組裡頭，只有這女孩具備正常的社交性。畢竟她也要負責替闖禍的其他三個人打圓場，費奧多爾早就相信她會好好地幫忙溝通。

那麼，問題在於事情的內容就是了。

「同族。」

「是的，有黃金妖精（Leprechaun）。」

費奧多爾稍作思索。

「抱歉，我不太懂意思。簡單來說，那是什麼狀況？」

「或許有我們的妹妹出生了，所以我們想去接她。」

他把補充的說明放在心上，試著多思索一會兒。

……嗯，還是不太能理解。

「唔嗯。果然是那麼回事嗎。」

之前始終保持沉默的房間主人，護翼軍第五師團總團長嚴肅地點了點被甲殼包覆的頭。

「一般情況下，會有專門的捕捉咒術師擅自跑來，擅自進行調查，擅自把妖精捉走就是了。這次則要由妳們……」

被投以目光的少女一律點頭。

「看來可以交給妳們辦。」一等武官同樣深深點頭說：「那麼，費奧多爾・傑斯曼四等武官，我正式交派確認現況的任務給你。萬一發現了新的黃金妖精，要立刻將其保住並且帶回。」

原來如此，事情要這樣辦是嗎？費奧多爾心想。

費奧多爾一點也不懂該怎麼處理，不過他仍是這四個女孩的上司兼監視者。既然有她們四個該做的工作，那應該就會以命令他處理的形式交派下來。

「我明白了。」

雖然他心裡感到厭煩，但那種情緒當然不會表露在外。一如往常，他把情緒嚴密地藏在巧妙裝出來的撲克臉後頭。

「費奧多爾・傑斯曼四等武官，這就開始執行確認現狀的任務。」

†

大約過了三小時。

在出問題的森林外圍，可以俯望萊耶爾市一部分的地勢較高處。

「呼啊……」

費奧多爾就近找了塊樹墩坐，然後朝天空大打呵欠。

進入森林裡的只有那四個妖精而已。

童話中對於妖精的記載，偶爾會出現「只有心靈純真的孩子才看得見」這樣一段話。這既非唬人也不是為了營造氣氛，事實上妖精似乎就是有那樣的特質。雖然原理不明，但據說非得靠心靈純粹的孩童或同族的妖精，否則便難以讓原本不存在的她們顯露其存在。

那個費奧多爾先生這當然不是指你心靈汙穢的意思只是為保險起見才希望這樣子安排所以請你心裡不要有芥蒂——菈琪旭慌慌張張地說了這些話，還惹得緹亞忒捧腹大笑。

哎，費奧多爾也對心靈汙穢這一點有自覺。他並沒有無論如何都要參加的強烈動機。當然身為監視者，原本是不應該將目光移開她們身上的，但現在才要求這一點，在各方面都嫌晚了。正因如此，他才會接下像這樣留守在森林外的工作。

不過在這種狀況下，要悠然沉浸於思考倒不壞。

（……畢竟有滿多事情得思考才行。）

關於護翼軍為迎接三個月後決戰的一般任務；關於前陣子〈沉滯的第十一獸（Croyance）〉一事的善後工作；以費奧多爾·傑斯曼的個人立場而非護翼軍武官的身分，也希望能對最近開始在市內增加的可疑分子採取措施；另外，西街糖果店推出的當季新品也不能忘了嚐一嚐。

還有——對了。關於計畫的事。

費奧多爾·傑斯曼有其目的。即使拋下其他事情也非得掌握到手裡，就像夢想一樣的目的。這五年以來，他把一切都花費在上面——無論是加入護翼軍，或者扮演模範生出人頭地都包含在內。

而到最後，他遇見了那些妖精。

為達成目的，必須有護翼軍祕密兵器的詳細情資，他意外得知了這塊材料。堪稱幸運。計畫大幅推進，可以走向下個階段。

下個階段。換言之，就是把那些兵器弄到手。

假如辦不到，就要找出使其癱瘓的弱點。

（我還有時間……可是，好像也不能那麼悠哉了。）

費奧多爾仰望天空，好拋開內心的焦慮。他看見連名字都不曉得的白鳥，從一片蔚藍的視野橫越而過。

「……肚子餓了。」

他無心地嘀咕，然後才發現自己確實空著肚子。

試著翻找了口袋，卻沒有任何能放進嘴巴的東西。雖然平時都會準備糖果以防這種時候，但今天偏偏忘了補充。

他摸索包包。

找到一顆蘋果。

「就這樣吧。」

以心情來說，會想吃甜味更濃厚的點心。但是目前的情況並不能奢求太多。有東西可吃就該感激嘍——費奧多爾如此告訴自己。

他啪喀打開從口袋裡掏出的折疊刀，然後削起了果皮。刀械用來還算熟練。紅色果皮唰唰唰地逐漸伸展成細細的長條。

旁邊的草叢沙沙作響地搖晃了起來。

「……？」

費奧多爾以為有兔子或什麼來著，就將目光轉了過去確認。

結果有個小孩子——看起來無牙無角無翅膀也無鱗片，也就是所謂的無徵種——從草叢後面探頭，還對著費奧多爾的手邊投以熱情視線。

「…………」

費奧多爾停下手邊動作。

小孩微微地偏了頭。

奇妙的沉默時間。

恐怕曾在這孩子腦中展開的戒心與好奇心之戰，是以後者的勝利告終。沙沙作響的聲音再次出現，那孩子從草叢站了起來，然後拚命擺動短短的手腳來到費奧多爾腳邊，開始朝他手邊垂下來的蘋果皮盯著看。

「…………」

亂蓬蓬的頭髮，是鮮亮的紅褐色。

至於年紀——對照墮鬼族的標準，看來像兩歲左右。種族有異，壽命自然也就不同。這種推測倒沒有多大意義。

這孩子什麼也沒穿。全身肌膚暴露於風中。用這副模樣在森林中活動，理應會變得全身上下都是擦傷，不過看起來似乎並沒有那回事。

費奧多爾稍感猶豫，還是瞄了一眼確認其性別。是女孩子。

「唔啊……」

他晃了晃手邊的蘋果皮，那個年幼女孩的目光也隨之搖晃。

照這樣看來，**大概不會錯了吧**。

「……總不會搞到最後，才發現這其實是住在附近的迷失孩童吧？」

費奧多爾喃喃發問，並且試著沉默一會兒。

可是，果然沒有任何人給他答覆。

費奧多爾重新凝視女孩的臉孔。鮮明清晰，看得很清楚。

只有心靈純真的小孩看得見的說法消失到哪裡去了？他心想。

「抱歉，不能給妳喔。這是我的點心。」

女孩抬起頭，看了費奧多爾。

她眨了一下眼睛。

這是什麼？女孩用目光向他發問。

對於還不了解人類為何物的年幼孩童來說，風兒細語、水聲潺潺、人類呢喃，這些聲音之間並沒有太大的差異。有奇怪的聲音，這到底是什麼——她只是本著如此單純的興趣，用目光直直地觀察著這裡。

（——應付小孩是我的弱項啦。）

對於光靠表面工夫及處世技巧求生的墮鬼族後裔而言，或許是有些問題。不過，那正是費奧多爾毫不虛假的想法。

畢竟小孩的興趣是極端的。在他們的世界之中，東西可以分成感興趣與不感興趣，只有這兩種。無法建立避免彼此疲倦又不費工夫的「中庸關係」。

總之要陪笑是可以，要討她開心應該也行。然而不假思索地讓事情成了以後，就會被纏上，會被她黏著不放。該怎麼說呢……像那樣的事情，已經受夠了。

「回森林裡吧。有一群溫柔的大姊姊正在找妳，妳要讓她們找到妳。」

費奧多爾盡可能冷漠地這麼告訴她。

「唔啊？」

沒有反應。

女孩的視線立刻就回到蘋果皮上面了。為了追尋著隨風搖擺的那玩意，圓圓的眼睛也跟著左搖右晃。

費奧多爾停下差點抽筋的笑容，深深地嘆了氣。對於無法用言語溝通的生物，說謊鬼的武器一點也沒用。

唉，到底要怎麼辦啊？

他一邊喃喃嘀咕，一邊又開始削皮。果皮唰唰唰地變長。女孩的視線滿懷熱情。

「我可不會給妳。」

費奧多爾收起沒用處的笑容，冷冷地斷言。

蘋果削好。果皮悄悄落地。

「受不了，那四個人現在找到什麼地方去了……」

人在這裡啦，這裡。話題中的新人就在這裡喔。

他發牢騷似的小聲嘀咕。

窸窣。小小的手抓住了穿軍裝的腳。她想爬上他的腿。既柔軟又有力的觸感。頗高的體溫隔著布料傳來。

想將她甩開當然是輕而易舉。可是那樣做的話，這個小小生物或許會受傷。當躊躇攔住費奧多爾的動作時，女孩已經攀登到穿軍裝的腿上，還將短短的手直直地伸向蘋果——

「欸，妳喔！」

伸出的手，卻撲了個空。

費奧多爾將拿著蘋果與小刀的兩隻手高舉，並且向後仰身。

「都跟妳說危險了，喂，不要作怪，下去啦。」

就算開口聲明，對方當然也聽不進去。她狀似不滿地一面發出哇哇的叫聲，一面用單手扶著費奧多爾的胸膛，另一隻手則拚命伸向半空。搆不著。但她不死心。搆不著。不死心。哇哇哇。

「唉，沒用的啦，妳死心吧。」

說了也不聽，即使如此他還是自言自語似的重複。就在此時……

「我們回來了。」

緹亞忒那感覺冷漠的聲音從背後傳來。

「對不起，讓你久等了！」

菈琪旭慌張似的聲音接續在後。

好似在轉動生鏽的齒輪一樣，費奧多爾緩緩回頭。女孩差點從大腿上摔下來，就抓住了他的脖子。

在森林的出口，當然可以看見剛才發出聲音的四名少女身影。另外……

（咦？）

菈琪旭胸前，還有個裹著毛毯熟睡的嬌小女孩身影。

透明般的藍色頭髮。年紀同樣是兩歲左右。

「……呃，狀況好像變得有點莫名其妙。」

緹亞忒瞇起眼睛，然後嘴角一邊微微地抽搐，一邊發問。

「那孩子是你的小孩？」

她自己似乎也被這種莫名其妙的狀況弄糊塗了。提出完全沒有切中要領，極度失焦的問題。

「……我還不到那種年紀啦。」

對失焦的問題回以失焦的答案。

費奧多爾高舉雙臂，脖子上依然掛著赤裸小孩，就這樣搖了搖頭。

「唔啊？」

咫尺間。女孩的紅色眼睛好似想問些什麼地微微閃爍。

她們四個帶來的藍髮小孩，當然就是剛出生於這座森林的妖精。

而黏著費奧多爾不放的這個紅髮小孩，果真也一樣。

據說一次誕生多名妖精的情況稱不上常見，卻也沒有多稀奇。在產下一人的過程中誕生兩人份的生命。大概類似其他種族生雙胞胎吧，費奧多爾如此做了解讀。

「菈恩學姊和娜芙德學姊好像也是那樣誕生的呢。啊，說這些你也不懂吧。」

那當然了。全是費奧多爾首次耳聞的名字。

「像她們那樣，不會有問題嗎？那個……照我常聽到的說法，體力是由出生的兩個人來分，似乎就難免會變得虛弱。」

「唔～我想不要緊吧？」緹亞忒無聊似的回答：「或許稍微會受到影響啦，即使如此在個體上也不至於造成區別。」

費奧多爾回頭看去。可蓉與潘麗寶揹著酣睡的兩個小不點。菈琪旭則一邊微笑，一邊跟在後面不遠處。

「『妖精』原本是沒有實體的，所以不會睡覺也不會吃東西。像她們那樣呼呼大睡，就是黃金妖精實際擁有軀體的證明。所以說，不用擔心那些也沒關係。」

費奧多爾並沒有那麼擔心就是了。只是有點好奇。

是的，自己要擔心，也是偏其他方面。

「──她們倆在將來，也會變得像妳們一樣嗎？」

「嗯？」

「她們是不是也會拿起之前那種大把的劍，變得有意尋死？」

「啊～感覺你的說法有惡意耶～」

緹亞忒看似心情不壞，還咯咯地發笑。

另外，結果她並沒有回答費奧多爾的問題。

4. 費多爾

總不能一直「這孩子」、「那孩子」地叫。

她們倆需要名字，眾人討論到了這一點。

一等武官與四個女孩都沉默下來了。

有什麼好煩惱的？費奧多爾心想。取名字是理所當然的事情，不過，終究只是名字罷了。只要符合印象又好懂，應該就行了。因此，比方來說，可以借用過去的偉人之名，也可以拿家族中某人的名字來用。

對了——費奧多爾提了一個主意。記得之前有個叫珂朵莉的學姊，用她的名字不就好了嗎？雖然我並沒有認同，但她是個了不起的人對吧？他這麼說道。

得到的反應，是感覺尷尬的沉默。

據說，用他人姓名替妖精取名似乎是犯忌的。

至少其他妖精一度取過的名字，就絕對不能用。理由是什麼，她們自己也不太了解。

不過，她們似乎都是那樣被告知的。

替妖精取名這檔事，必須盡可能慎重。取名時，應由妖精當中最年長者熟讀以往的記錄，方可決定合適的名字……儘管這套做法並沒有被嚴格遵守，姑且仍是她們的傳統。

因為如此，她們急忙捎了信息給位於六十八號懸浮島的妖精之家。接下來，還要取個在正式名字決定前使用的外號。不太像人名的名字。最好是馬虎透頂，說是外號就能立刻讓人信服的那種名字。

怎麼辦好呢？當著歪頭苦思的眾人面前，紅髮孩子一臉幸福地吃著切成小塊的爽脆蘋果；而藍頭髮的那個，則被可蓉戳了戳柔嫩有彈性的臉頰，還看似排斥地扭身。

紅色的取了「蘋果」當外號。

藍色的取了「棉花糖」當外號。

不不不。就算要取得馬虎才好，總該有個限度才對吧？費奧多爾心想。

他只是心裡這麼想，並沒有說出口。

「妳覺得這樣好嗎，蘋果？」

問了以後，蘋果就帶著被口水與果汁沾得黏答答的臉，咿咿呀呀地笑了。

「那妳覺得如何，棉花糖？」

棉花糖把臉轉過來，像在問「什麼事？」一樣地微微偏了頭。

既然當事人沒有異議，外人大概也不該再多說什麼。

費奧多爾的立場本來就只是緹亞忒她們四個的上司。這兩個孩子屬於伴隨四人而生的任務課題，因此才需要稍加保護，說來就像陌生的過客一樣。費奧多爾既沒有責任也沒有權利置喙。更何況……他也沒有深究太多的心思。

不過……

可以的話，希望六十八號懸浮島能盡快捎來回應，幫她們取個像樣的名字——這樣的想法，費奧多爾倒不是沒有。

「稱呼的方式定不下來，會不方便嘛。」

他像在自我說服似的，偷偷地這麼嘀咕了一句。

費奧多爾忽然感覺到視線，一回頭，就發現潘麗寶莫名其妙地帶著賊笑望著他這邊。

……只是碰巧吧，他心想。

至少應該不是因為嘀咕的內容被人聽見了……希望如此。

†

目前第五師團作為基地的場所，原本是國營的學校設施。早在五年前的艾爾畢斯事變發生之前，就已經因為經營失敗而封閉。後來又出了許多岔子，到最後所有權便被委讓給護翼軍乃至今日。

換句話說，原本這並非設計供軍方使用的設施。

恐怕是因此所致，軍團規模與設施規模有微妙的出入，變得不太協調。當中尤其悽慘的是兵舍。多餘的房間，不足的房間，狹窄的房間，寬廣過頭的房間。活像不擅長整理的小孩將玩具箱塞成了一團亂，縱使規模有所區別，幾乎相同的渾沌景象便存在於此。

在這裡的，是原本在那般理由下而沒有被用到的房間。雖然還算寬廣，可是壞就壞在離入口有段距離以及位於較高樓層等因素，一直任由灰塵累積。

大約一個月前，有兩張雙層床被搬進那房間，然後便來了四個新居民，就此過起生活。

前些日子，那個房間裡又多擺了兩個小小的搖籃。

還來了兩個新居民，就此過起生活。

費奧多爾一走進那個房間——

「費多爾～！」

紅色的小玩意就撲了過來，直直地扎在他的下腹部。即使撇開趁人不備這一點，力道仍舊十足，相當出色的衝撞。彷彿能讓肚子裡所有東西噴出來的衝擊。費奧多爾一邊扭身掙扎，一邊慶幸自己不是在剛吃完飯的時段過來。

間隔片刻，同樣嬌小的藍色玩意就叫著「費多爾～」跟進了。她碎步趕來，摟向費奧多爾的腰。和剛才宛如大砲的一擊相比，這樣可愛多了。

「蘋果，我說妳啊……」

很危險的，所以妳別這樣——費奧多爾抱著說教的想法叫了對方名字。

被蘋果用呆愣愣的眼神抬頭一望，他就打消念頭了。

「……活潑是好事，但妳能不能稍微手下留情？」

「哎咿！」

超有活力的聲音傳了回來。間隔片刻，棉花糖也跟著附和：「哎咿！」她們倆八成……不，肯定都沒有聽懂費奧多爾話裡的意思。

寶貝蛋們雖然年幼，日後仍會成為肩負懸浮大陸群未來的士兵才對。活力充沛這一點本身是可喜且值得指望的。從那種角度來想，感覺目前的狀況倒是可以積極看待。

（要奉陪這種活力就讓人受不了嘍……）

費奧多爾對持久力不太有自信。並非他特別虛弱，而是名為墮鬼的種族本身就與體魄或體力無緣。

畢竟他們是靠耍嘴皮子利用他人來當成求生第一前提的生物。血統裡沾染了基本上會以自食其力為恥的扭曲道德觀。練劍術作為以防萬一的殺手鐗還無妨，要累積負擔鍛鍊肌肉或心肺能力實在辦不到。說來真令人困擾。

費奧多爾一邊想著這些——

「兩個人就讓我忙不完了。麻煩妳別過來，潘麗寶。」

一邊朝自己的死角如此拋出話語。

「……什麼嘛，我就不行嗎？」

顯得意外的聲音。原本準備要來個正統擒抱的潘麗寶解除了架勢。

「我才想知道為什麼妳覺得我會容許。」

「這個嘛。我信任你的度量啊。」

信任。原來如此，好方便的字眼。哈哈哈。

「先不談度量，我的身體已經騰不出空間嘍。」

她們倆牢牢地巴著費奧多爾的腰，遲遲不肯離開。簡直像是被蛇或什麼玩意捕食的感覺。

「身為男兒，稍微有本事逞強不是當然的嗎？」

「那種事情要主動為之才能偷偷自豪，不是被人吩咐照辦的啦。」

費奧多爾回嘴說笑以後，突然間便想到。

「潘麗寶。難道妳今天心情不好？」

「嗯？你為什麼會那樣想？」

「呃，我只能說好像有那種感覺就是了。」

硬要提理由的話，大概就是她平時那副自信的笑容缺乏寬裕，或者從隻字片語中可以感覺到亂尖銳的調調，如此而已。

「嗯……雖然自覺薄弱，不過，或許我現在確實有些不開心。」

咦，真的嗎？

「畢竟她們倆剛才終於肯聽我讀故事了。」

潘麗寶撿起地板上的繪本。

「而你一來，就弄成這樣了。我現在有些嫉妒。」

大概是潘麗寶對不滿有所自覺的關係，可以看見她微微噘著嘴唇。

「啊～」原來如此，是這麼回事啊——費奧多爾理解了。「蘋果？棉花糖？」

他責備似的，試著用較重的語氣叫了她們的名字。然而，只得到了「唔啊！」這樣活力十足的答覆聲。

感覺轉移話題似乎比較好。

「——這裡只有妳？其他三個人呢？」

「是啊。菈琪旭好像身體有微恙，我就逼她去醫務室了。」

「那她的狀況不要緊嗎？」

「她本人是表示不用擔心。」

（不用擔心……嗎？）

黃金妖精口中說出的那種話能不能信？費奧多爾有些遲疑。

「從我們眼裡，也看不出她的身體有顯著異常喔。要菈琪旭去醫務室是為了保險起見，還有讓她休息。畢竟……」

潘麗寶朝蘋果與棉花糖瞥了一眼。

「待在這房間，並不能期待她透過休養恢復體力。」

何況費奧多爾的體力目前就是以現在進行式遭到消耗。感覺相當有說服力的一句話。

「……緹亞忒和可蓉呢？」

「剛才被一等武官找去，都離開了。」

「哦？」

只找四個女孩之中的兩人，究竟有什麼事情？還是她們打打鬧鬧弄壞了什麼東西，正在接受訓斥？倘若如此，自己身為形式上的上司要是連帶遭殃，那可就煩了。

「費多，費多爾～」

當費奧多爾東想西想時，纏上他的蘋果與棉花糖似乎發明了新玩法。她們使足力氣，開開心心地用手掌朝他的大腿拍了起來。

儘管是小孩子的臂力，還是挺痛的。

「……總之，她們是因為餓了才這樣鬧嗎？」

「難說耶，誰曉得呢。」

呵——潘麗寶微微地笑了。

「要說的話，比較像喜愛的玩具上門而樂歪了。」

「欸，妳叫我玩具喔。」

「無從否認吧？」

無法否認。是的，一切正如她所說。

兩個小不點拍大腿拍膩，就抓著軍服的長褲開始嘗試登頂了。放著不管似乎會讓布料拉長變形，費奧多爾只好用雙臂將她們倆抱起來。

「唔啊～」

蘋果玩起勁了，便用力揮舞兩隻手臂。

棉花糖則在費奧多爾的頭髮來到眼前以後一把揪住，開始使勁拉扯。

「會痛，會痛會痛會痛……喂，妳們兩個都給我住手。」

「被年輕的雌性熱愛到這種地步，你應該很高興吧？」

「我想無論是年輕或表示愛意，以常識而言都要有限度耶！」

費奧多爾發出有大半由衷的悲鳴。

「還有我講過很多次了，無徵種的女孩不管是幾歲，都不合我的喜好——喂！不要拔我的頭髮！欸，慢著，別咬啦！」

「噢噢——這麼說來，像母親一樣養育我們的女人有講過，想吃掉對方是愛情中的最高表現喔。你真的深得她們喜愛呢。」

「別把食人鬼(Troll)的論調講得像一般論啦！」

「什麼嘛，原來你曉得啊。」

「我原先聽說時還以為是騙人的，不過看妳們脫離世俗的德性就相信了……痛痛痛痛痛！」

不是開玩笑的痛，使得費奧多爾慌忙掙扎起來。每次他一扭身，被甩來甩去的兩個人就樂得哇哇笑。

「眼睛要歪了，要歪了，要掉了！這樣很危險啦！」

感到開心，肯定是好事。

而且，肯定也是寶貴的事。

不過呢，希望可以稍微考慮一下時間場合，還有尺度與分寸。

「我都說會痛了吧痛痛痛痛痛——！」

這個房間位於兵舍的三樓深處。

角落使用起來不太方便，因此原本屬於幾乎不會用到的地方。目前幾個相鄰的房間仍是無人的倉庫。換句話說，就算孩子們鬧得厲害些，或者費奧多爾發出幾聲慘叫，也不會打擾到任何人。

「耳朵！耳朵！我的耳朵！」

說好聽點是黏著自己。

然而，她們一點都不肯聽費奧多爾的話。想幫她們換衣服會作怪，想哄她們睡會黏過來，想讓她們進食也會挑嘴。

照料那些事情是可蓉的長項。她可以兩三下就化解她們想作怪的活力，還能像變戲法一樣地幫她們換衣服，哄她們睡。也許是精神年齡相近吧。或者說，那是無法違抗團體中老大的某種本能。

高明程度排在可蓉後面的是菈琪旭。該怎麼說呢，她似乎非常習慣應付撒野成性的小孩。至於理由嘛……為了她所有朋友的名譽著想，還是別深究太多。

費奧多爾到醫務室探視情況。

菈琪旭．尼克思．瑟尼歐里斯在毛毯上攤開筆記簿，似乎正寫著什麼。費奧多爾用指背敲了開著的門，她便慌張似的抬起臉龐看過來。

「費奧多爾先生。」

「狀況如何？聽說妳身體有恙。」

「完完全全沒問題喔，因為潘麗寶擔心，我才會待在這裡就是了。」

菈琪旭一邊答話，一邊順手將筆記簿闔上。

「其實我現在立刻起來也不要緊。不過，難得有機會，我在想要不要偷懶一下。」

她微微地，像在使壞似的吐了舌頭。

「菈琪旭小姐，妳真壞耶。」

「是啊，正是如此。」

在這種時候，為什麼妳要一臉開心地點頭？

「棉花糖她們怎麼樣？有沒有乖乖的？」

「她們都**非常**有精神喔。」

費奧多爾加重音調回答。

「後來玩鬧累了，現在正和潘麗寶三個人一起午睡……只看睡臉的話，她們三個都很可愛就是了。」

菈琪旭微微地噗嗤笑出了聲音。

「怎麼了嗎？」

「你是說『她們三個』耶。」

「有什麼奇怪？」

「不會不會不會，一點也不。」

費奧多爾被她用頗有大姊姊風範的口氣敷衍了。有點令人氣惱。

「——說到這個。」他試著提出忽然想到的問題：「我有事想問妳。蘋果她們看起來大約是兩三歲……對不對？」

「咦？」

「她們會站會走，懂的字不多但也會講一點話，而且還很會吃。」

此外，她們會跑，會突擊，會糾纏，會拍打，會拉扯，會咬人。

「不管怎麼看，感覺都不像剛出生的嬰兒。被我們帶離那座森林以前，她們倆是怎麼活下來的啊？」

「啊……說得也是呢。呃，這個……」

菈琪旭想了一會兒。

「以其他種族的標準來看，我想確實是兩歲左右。不過，對我們妖精來說，新生兒差不多就像她們一樣大喔。」

「啥？」

「關於妖精是什麼樣的東西，你已經有所認識了對不對？我們源自孩童的魂魄。所以從最初生下來的時候，就是小孩子了。即使如此，個體之間還是會有些許差異。她們倆以剛出生的妖精來說，算是比較小的。」

「咦？」

什麼道理啊？費奧多爾在感到傻眼的同時，也覺得自己開竅了。既然並不是由父母產下的生命，就不必按照正常的出生方式從零開始。

莫大的異樣感與一絲嫌惡感，無論如何都會湧上心頭。

只是在模仿生命的某種迴異之物。原來如此，光存在就是對生命的褻瀆——經菈琪旭這麼一說，她們那種自卑的思考方式確實會讓人覺得有所道理。

「那麼，妳們個人資料上寫到的十四歲……」

文件上的年齡，應是以出生後經過的年月來計。既然這樣，菈琪旭等人生下來便是三歲左右的孩童，現在就相當於十七歲了嗎？只有緹亞忒被記載為已經十五歲，所以她相當於十八歲了？

懸浮大陸群有各種不同的種族混居。其壽命也千差萬別。有單一個體可以像貴翼族（Bennu）一樣活過三百年以上的族群，也有短短幾年就結束生命的鼠象族（Arleo）。因此，拿不同種族的身心成長速度相比較，並沒有多大意義。

但即使如此，屬於無徵種的諸多種族，仍具有壽命及成長速度都相似的傾向。根據某位學者的研究，傳說中以往興盛於地表的人族（Emnetwiht），據說也半斤八兩。

所以說，十八歲的黃金妖精與十八歲的墮鬼族體格相仿……應該也不足為奇就是了。

「呃，關於那個呢。要是照妮戈蘭小姐……那位照顧我們的食人鬼所說，妖精在進入青春期以前，好像會成長得慢一點。差不多到我這個年齡，就大致長得跟無徵種小孩普遍一樣了……」

「啊，原來如此。」

費奧多爾深感信服了。而且也放心了。

哎，要談到她們的體格是否符合十四五歲的女孩，倒不是沒有留下疑問。關於那部分就別深究好了。

不知道菈琪旭是否明白費奧多爾的那些心思，她落寞地笑了笑。

「雖然說，我也會希望能變得再成熟一——」

這時候——她的肩膀一度猛晃。

菈琪旭的手猛然動起，就像要克制噁心感一樣地砸到了嘴邊。

「唔……咕……」

「菈琪旭小姐？」

費奧多爾連忙扶穩少女差點癱倒摔下床的嬌小身軀。

「我沒事……的……」菈琪旭用斷斷續續的聲音回答：「請……不要擔心……」

「妳的話沒有說服力！」

他大吼似的斷言，並且迅速確認菈琪旭的額頭及手腕。

「沒有發燒……脈搏也沒有異樣……」

「所……所以說，我沒事的。」

「妳的表情不像沒事！」

費奧多爾日前跟緹亞忒持劍互搏時，學到了一項疑似她們這些黃金妖精固有的特質。

她們的忍耐力，不知所謂地強。

所以，動不動就會壓抑自己身體或心靈的痛楚，無論怎樣都要硬撐。

明明如此，她們對說謊這檔事卻不在行。即使騙得過自己，也沒有足以說服旁人的演技。何況費奧多爾身為專門撒謊的墮鬼族，看在眼裡就更加痛心了。

……感覺似乎只經過了淺淺幾次呼吸的時間。

「真的不用擔心。」

菈琪旭身體發抖的症狀停了下來。

臉色也變得像樣了點。

她低著臉，仍然用垂下的瀏海遮住眼睛，避著費奧多爾的目光說道：

「嚇到你了，對不起。這類似妖精才會發作的毛病。對身體狀況影響沒有那麼大，也不會因為這樣就死掉或一病不起。」

感覺上，菈琪旭並沒有將實情完全吐露。

儘管如此，至少從她的話裡，似乎聽不出虛假。

5. 緹亞忒

真令人火大——緹亞忒・席巴・伊格納雷歐心想。

只要精神稍有鬆懈，她立刻就會想起那天的事。

決心一死而走上戰場那天的事。

當時，緹亞忒絲毫沒有活著回來的念頭。她打定主意，不管發生什麼都要持續前進，以妖精兵的身分奮戰到最後一刻。

只用一名妖精兵的生命，護翼軍便能換取到〈沉滯的第十一獸〉的情資。它屬於毀滅世界的〈十七獸〉其中一種，同時也是底細不明的怪物。不死且不滅，會侵蝕觸及的萬物並予以同化，受外力衝擊還可轉化為加速侵蝕的能量……緹亞忒就是想找出頭緒，促成與如此不可理喻之物對抗的手段。

像那樣迎來有意義的死，活著無法成就心中所願的自己，也就多少有價值了吧？緹亞忒抱持著這種想法。

可是。

在戰鬥結束的那一刻，緹亞忒仍未死去。

而且，在戰鬥結束後過了半個月左右的現在，依舊如此。

——我就是要阻擾妳們。

以護翼軍士兵的身分進行訓練；為三個月後的作戰行動做準備；為了想辦法讓餐廳的午餐變好吃而費盡心思嘗試；試著到街上買甜的東西吃。像那樣，在一如往常的生活中，緹亞忒總還是會想起當時的事——想起那傢伙的事。

明明跟她們這些妖精兵比，那傢伙弱得太多太多。明明他自己十分清楚，眾人一直都處於靠妖精犧牲而活下來的立場。

即使如此，他仍不准緹亞忒拋棄性命。

他駁斥她，擋著她，一臉耀武揚威地對她笑。

還有呢……對了。她既沒有被說服也不覺得服氣，清醒時卻已經錯失捐軀的機會了。

費奧多爾．傑斯曼四等武官。

出身於只擅長欺人及鼠竄之不誠實種族的少年。

精通美食；對戰鬥還算有一手卻沒有多厲害；在其他人面前都好聲好氣，不知怎地對緹亞忒就有話直說；或許那傢伙其實有點溫柔，但他都不把別人的想法或覺悟當一回事。拚命的模樣倒不是沒有一絲絲帥氣。只不過，他的拚命是發揮在阻礙她想做的事情上面。

緹亞忒一想起他的事，各種情緒就會亂糟糟地湧上，讓心情變得無法收拾。因此，她決定把自己對他投注的感情，都塞進那幾個字之中。

那傢伙真令人火大。

所以，緹亞忒．席巴．伊格納雷歐最討厭那個傢伙了——這就是她要表達的。

†

「怎麼了？」

被人用聽似顢頇的語氣一問，緹亞忒才回神過來。

她環顧四周——不需要這麼做，自己所在的地方便一目了然。第五師團的總團長室。

眼前是由褐色鱗片及軍服包覆著身體的矮胖獸人——被甲族——職等為一等武官。由於上眼瞼稍微被眼皮蓋到，導致他總顯得愛睏。

「啊，沒有，我沒事。」

「睡眠不足嗎？」

「不行喔！」可蓉莫名自豪地挺胸表示：「身為士兵，管理身體健康也是份內的工作！」

這女孩看起來總是有活力呢，緹亞忒心想。老實講，她覺得那很了不起。

當然了，「看起來總是有活力」與「總是有活力」絕非同樣的事情。兩者之間可是有既深又廣的鴻溝。

「哎，要那樣說的話，世上幾乎沒有不需要把管理身體健康算在工作份內的行業就是了。」

一等武官一邊摳著額頭附近的鱗片，一邊講起無關緊要的話。

「不好意思，接連兩天傳喚妳們。我明白妳們應該也有許多事要忙，沒辦法交給別人處理的意外狀況卻連連出現。」

「不，不要緊。但是……」

緹亞忒對「沒辦法交給別人」這段話有些掛懷。

「找妳們過來不為別的，就是要交派比較特殊的任務。我要妳們暫時脫離費奧多爾‧傑斯曼四等武官的指揮，參加這次特別編組的隊伍。」

「咦？……啊，好的，我明白了。」

緹亞忒點了頭。

「短期內將要求妳們只在那支隊伍裡行動。與其他隊伍之間的接觸，應該也會受到相當大的限制。」

「咦～」

「喂，可蓉……對不起，一等武官。」

緹亞忒早就料想過，既然只有可蓉與自己兩個人被叫來這裡，八成會接到如此性質的吩咐。所以，她並不覺得特別訝異。

這樣嗎。果然暫時要跟那傢伙分開了。

遺憾或寂寞一類的想法，都沒有特別冒出來，她認為。然而，好像也不是沒有那一絲絲不是滋味的感覺。不，要承認那一點還是令人不甘心，因此呢，就當成自己樂得清靜或對方活該好了。嗯，就那麼辦。

「可是，不會有問題嗎？我們是無徵種兼妖精兼相當兵喔。先不提那個笨……費奧多爾四等武官，我們到了其他指揮官底下能不能順利發揮士兵的功能還是未知數……坦白講，我不太有自信耶。」

被歸為無徵種的種族普遍受社會排斥，尤以獸人為甚。整體來講，這支第五師團的士兵都肯用善意包容她們——大概是因為當事者同樣以社會邊緣人居多吧——即使如此，她們依舊是不和之源。

畢竟黃金妖精是祕密兵器。原則上其存在受到隱蔽，在護翼軍中也只有一小撮人曉得。由於生命不穩定才有資質催生出爆發性魔力，若滿足條件還能讓自己引發大爆炸。因此，要是身分在隊友間曝光，大概會造成恐懼或排斥。想也知道。要跟不知何時會點燃的炸彈一起幹活，八成沒人願意。

更不用說的是，她們本身屬於相當兵。以士兵而言當然也受過訓練，但能不能贏得正規士兵的信賴則是另一個問題。說不定她們光是待在隊伍裡，就難保不會扯後腿——種種因素都令人堪憂。

「那部分不成問題。負責指揮者指名要妳們去。」

「咦？」緹亞忒頓時垂頭。

「哦？」可蓉莫名高興似的眨了一下眼睛。

「關於任務的內容——哎，我這就告訴妳們。因為有違法兵器被可疑分子帶進市內，所以要趕在遭人動用前回收，大致是這麼回事。」

「喔。」

緹亞忒聽不出所以然來，只好含糊應聲。

稍作思考後，她想到有地方不對勁。

「那不歸我們處理，而是憲兵科的差事吧？」

「他們當然也有採取行動。」一等武官點頭表示：「基於其他嫌疑，憲兵科正在追緝那幫可疑分子。」

「那就沒有我們出場的份了，對不對？」

「很遺憾，也不能那樣。憲兵那些人無法對位居關鍵的兵器出手。」

「……我不太懂意思。」

說是攜帶違法兵器，當然就屬於違法行為才對。由憲兵課取締違法行為，會有什麼問題嗎？為什麼他們要特地繞圈子，以其他的嫌疑展開追緝呢？

如此心想的緹亞忒歪頭感到不解，而在她旁邊……

「祕密兵器。」

嗯——可蓉交抱雙臂。

「真敏銳，正是如此。」

一等武官點頭了。

「……咦？難道說，妳從剛才那些話聽出什麼了嗎？」

嗯——可蓉點頭。

「違法兵器是比較含蓄的講法。內容應該跟一般禁止持有或使用的『違法』有點不同……我這樣講對嗎？」

緹亞忒瞥向一等武官的臉。被甲人的表情裹著鱗片難以辨別，但他並沒有插話，大概就表示可蓉到目前所說的都對。

可蓉繼續說道：

「我猜是更危險的東西。危險到**不能承認在那裡**的某種東西。那樣的話，憲兵不能插手的理由就可以得到解釋……我們被叫來的理由，也就跟著明白了。」

「啊。」

——這樣啊，原來如此。

要追查存在本身非掩蓋不可的東西，確實不適合憲兵科來辦。他們是明著探案，而且紀律嚴謹入微。效率好，自然會有無法變通的另一面。並不應該介入無法留存於文件的案子。

碰到那種情況，應該要另外召集人數少又能靈活變通的士兵隊伍來運用。懂了懂了，那就是自己等人被要求的工作嗎？

聽人講過，就可以理解。

沒聽人講過，就無法理解。

（我真是不靈光耶。）

緹亞忒勉強克制住想嘆氣的衝動。從以前就這樣。她用功學了許多東西。還學了條理分明的思考方式。可是，往往都看不穿事情的本質。

好猻喔，緹亞忒心想。

想成為獨當一面的妖精兵……成為帥氣的大人而一直努力過來，到最後卻是這樣。學姊令人崇拜的背影始終太遠，感覺追也追不上。

何止如此，連理應年幼一點的可蓉、潘麗寶、菈琪旭都追上來趕過自己，距離好像還越拉越遠。

一思考那些，就不小心想起了半個月前，費奧多爾當時那副耀武揚威的笑容。

（……哼。）

緹亞忒感到火大，因此就沒有繼續思考下去。

從走廊喀啦喀啦地傳來了像是某種東西在轉動的聲響。聲音接近，停在房門前。敲門以後，有陣無精打采的聲音說：「我把客人帶來了。」

緹亞忒也有聽過那聲音。她記得對方是叫納克斯・賽爾卓上等兵。是個性格難以捉摸的鷹翼族（Falcon）青年。

「讓他們進來。」

一等武官點頭，房門開啟。

喀啦喀啦的聲音來到房間之中。

「……咦？」

「……哦？」

緹亞忒與可蓉兩個人一塊瞪大眼睛。

「啊～好久不見。經過漫長旅途應該也累了，抱歉還把妳叫來。」

一等武官把煙草捺在煙灰缸。並且頗為親暱地開了口。
聲音的真面目，是由納克斯上等兵推著的一輛輪椅。
而一等武官搭話的對象，則是坐在輪椅上的一名女子。
好似乾草曝曬褪色後的淡金色頭髮。
外表年齡約為二十歲左右。
與褪色金髮同樣色澤的眼睛。瘦弱身軀彷彿一觸即折，隱然散發出空幻的氣質。
女子舉起了細細的其中一隻手，微微地左右搖晃。
「嗨，真的好久不見了呢，叔叔。已經兩年沒碰面了吧？」
她用開朗的笑容與嗓音如此說道。
「緹亞忒和可蓉似乎也都健健康康的，實在萬幸。光是能再次看到妳們的臉，一路搭著飛空艇搖搖晃晃地過來也值得了呢。」
「啊……啊啊……」
「啊？」
「艾瑟雅……學姊？」
「是的是的。我是妳們的艾瑟雅·麥傑·瓦爾卡里斯喲？」

那名女子像惡作劇成功的小孩一樣地笑了。

艾瑟雅·麥傑·瓦爾卡里斯。在目前存活的妖精兵當中，屬於最年長的資深妖精兵。由於在過去的戰鬥中過度催發魔力而搞壞身體，到了五年前那場艾爾畢斯事變時，戰鬥這檔事終於就令她無能為力了。

她有著匪夷所思的博學程度，專精使壞的伶俐頭腦，還總愛藉故戲弄晚輩學妹。對緹亞忒來說，艾瑟雅就是如此令人困擾的學姊。

如今，她處於幾乎已經退休的立場，過著有時念念書，有時陪伴妖精幼童的生活——照理說應該是這樣的。

「一……一等武官，這到底是怎麼……」

「哎，我剛才說過吧。負責指揮者指名要找妳們。那個人就是她。」

「指揮？」

緹亞忒鸚鵡學話似的問。

「指揮。」

對方便深深地點了頭。

「好啦，因為如此，自我介紹之類的就免了。關於這次的問題，我全權委託她處理，雖然純屬暫時性措施，但她也被賦予了相當二等武官的權限。你們三個，以後都要聽艾瑟雅指示。」

緹亞忒尚未順利恢復過來的腦海一角，浮現了「三個？」這樣的疑問。不過……

「啊，果然我也有份嗎？」

「你似乎也有份，納克斯·賽爾卓。我不曉得理由，但你也是艾瑟雅欽點的人選。」

「哦。」

鷹翼族的目光落在艾瑟雅身上。

「妳不只美麗動人，眼光實在敏銳。從眾多強手之中選上我，實乃榮幸之至……只不過……」

他擺出了有如範本般的膚淺笑容，還用感覺不到半點誠意的口氣，吊兒郎當地問道。

「能不能請教是根據什麼緣分，才讓妳看上我的呢？」

「唔～當場講出來行嗎？」

「難不成是需要看場合的理由？」

「是啊。簡單來說呢，理由是『奧爾蘭多的無底水桶』。」

納克斯臉上掛著輕薄的笑容，就那樣僵掉了。

「說到『提恩．帕克的王子殿下與憂鬱的窗戶玻璃』，你也曉得對吧？」

「唔啊啊啊！」

僵硬瞬間化解了。

「我明白了！明白到極點！妳為什麼會挑我還有想讓我做什麼都打從心裡領會了！所以甭說啦，甭再說下去啦！」

「哎呀，幸好你這麼容易說話～」

納克斯的臉完全慘白。相對地，艾瑟雅則樂得呵呵笑。

「嗯～」一等武官轉動圓圓的眼睛瞪了過來。「剛才你們提到了水桶怎樣的。感覺好像挺有意思，能不能也告訴我？」

「呃～這個嘛，在四年前的奧爾蘭多商行結算期唔唔——」

「唔啊啊啊啊啊！」

納克斯彷彿張皇失措地用手摀住了艾瑟雅的嘴。

「那件事不值一提啦，不值一提！還不如討論之後的事情，一等武官，來討論我們該攜手邁向的璀璨未來！」

「唔唔～」

「嗯。哎，既然當事人這麼說，那就算了。」

一等武官叼起菸草，點了火，深深吸氣，然後使勁吐出。

「忙副業要懂得節制，太招搖的話就非得砍你的頭了。」

「你都曉得嘛！」

納克斯含淚吶喊。

艾瑟雅呀哈哈地笑。一等武官無奈地搖頭。

「…………唉。」

緹亞忒對他們那一連串的互動不太了解。頂多只了解自己與可蓉還有納克斯上等兵，似乎會在艾瑟雅學姊的指揮下組成隊伍做些什麼……就這樣而已。

她瞥向可蓉，就發現對方開心似的哇哈哈笑著。可蓉是個一向開朗的女孩，因此有點難分辨她是不是對狀況有所理解才樂成這樣。

「緹亞忒，妳面有難色耶？」

「唉。」

不知道艾瑟雅是否明白緹亞忒的心思，她一臉笑瞇瞇的。即使同樣是日常中的笑容，那種笑的含意與可蓉截然不同。為了掩飾內心，才當成面具戴在臉上的笑容。

這個人都沒有改變呢。

緹亞忒怕這個學姊。起碼她曉得艾瑟雅並不是壞人，也明白她是用自己的方式在替學妹們著想。可是緹亞忒不太能對她敞開心房，應該說，艾瑟雅本身就給人拒絕互相敞開心房的印象。

然而，即使如此。

「妳們倆都過來過來。」

被艾瑟雅招手以後，緹亞忒和可蓉都靠到她的身旁。

她又招手，她們倆就蹲低了一點。

艾瑟雅輕輕地，將兩人一起抱進臂彎裡。

「——說實在的，我自己也覺得事到如今何必這樣。」好似呢喃細語，微微發抖著的聲音傳來。「不過，看到妳們平安的樣子……我真的很開心喔……」

「嗯。」

緹亞忒與可蓉目光相接以後，就各自伸出一邊的手臂，朝艾雅雅抱回去。

「學姊才是呢。看到妳身體健朗真好。」

「哈哈……最近啊，這好像成了我唯一的強項。」

「健康最重要。」

「對呀。我好幸福呢。」

用力使勁的不知道是自己、艾瑟雅還是可蓉，分不出是誰的手臂。

我果然會怕這個學姊——緹亞忒重新如此體認到。

太狡猾了嘛，她心想。每次開口都要取笑人，又遲遲不肯展現真正的一面。可是就只有在這種時候，會冷不防地傾訴真心話。被迫回想起自己這麼受學姊疼惜，她也無法一直逞強下去。那會讓她變回小時候，願意對這個人撒嬌的自己。

緹亞忒屏住呼吸，將鼻子裡微微發出的窣窣聲音混了過去。

†

四人從房裡告退以後，走在廊上。

「抱歉，交代得這麼倉促，接下來所有人都要直接出發去執行任務嘍。沒有時間了，再說也不曉得他人的耳目藏在什麼地方。」

所有人直接出發。

原來如此，聽艾瑟雅一說，也算合情合理。

「唔。跟菈琪旭她們打個招呼都不行嗎？」

「不好意思，我無法允許耶。」

「唔嗯。」

可蓉不服似的交抱雙臂，卻沒有使性子。

畢竟如此交代的艾瑟雅本身，肯定比任何人都希望見到她們倆。當著她面前，可蓉總不能做出不聽話的舉動。

「起碼讓我們回房間拿更換的衣物好嗎？」

「否決。配給品會照安排送到現場，所以用不著擔心。」

「啊～是喔。」

納克斯沮喪地垂下肩膀。

依艾瑟雅所說，他們接下來會直接前往港灣區塊，然後離開三十八號懸浮島——表面上如此布局以後，就要潛伏到萊耶爾市內。佯裝成不在的戰力，以便在不勾起敵方組織戒心的形式下展開任務……據說是這麼回事。

原來如此，那目前就不能輕舉妄動。

有道理。道理非遵守不可。

「妳從一等武官那裡聽說了嗎？關於棉花糖與蘋果的事。」

因此，緹亞忒不會重複耍那種行不通的任性。

「啊～……」

艾瑟雅感覺落寞似的低下臉。

「妳是說那些新來的小不點吧。我聽說嘍。可以的話，我也想跟她們打個招呼再走，原本我也想看看她們的臉就是了。」

「兩個都是野孩子，非常囂張。」

「呀哈。」落寞似的氣質保持不變，搭配開朗笑容。「總覺得呢，怎麼偏偏是由妳來說啊？」

唔。那有點令人火大，可是也難以否定。

「緹亞忒，妳太會訓人了。所以她們才躲著妳。」

「因……因為，沒有人管教的話，很多事都學不會嘛！菈琪旭太溫柔，潘麗寶又只會教一些奇奇怪怪的東西，可蓉妳還跟她們玩在一起！」

「對啊，小孩的工作就是玩！」

「不要將錯就錯，妳自己也該多學學，振作一點！」

哇哈哈哈——可蓉笑著敷衍。

「話說回來，好離譜的名字喔。是誰想的啊？」

對於那個問題，緹亞忒保持緘默了。假如老實說是費奧多爾以外的在場所有人一致同意，這個人肯定會壞心地笑出來。

「說到這個，瑪夏也作夢了喔。」

緹亞忒聽了那一句，剛露出的笑容馬上又結凍了。

瑪夏。那是待在妖精倉庫的年幼學妹名字。十二歲。

另外，這裡所提到的「夢」，當然並非普通夢境。體驗以後絕對會有所警覺，既異常又特別的夢。黃金妖精據說是由心存眷戀的死者魂魄化成，那種夢就是她們開始與以往記憶或思念相連繫的證據。

那代表幼體正準備轉變為成體，也代表即將有資格成為妖精兵而戰。具體來說，作了夢的幼體妖精在十一號懸浮島的設施調整過身體以後，就有資格成為成體妖精兵。

「阿爾蜜塔那邊的狀況怎麼樣呢？」

緹亞忒問道。

這也是妖精倉庫裡的學妹名字。與方才提到的瑪夏幾乎是同輩，然而她「作夢」是在近一年前。

「就我所知，她還是好好的喲。她領到的藥，目前也還能發揮效果。」

只是——艾瑟雅無力地笑著補充。

「效力逐漸在降低。還有，往後瑪夏也會需要一樣的藥。雖然目前還不成問題，或許藥的數量遲早會不夠喲。」

「那些大人物……記得位階是將官吧，他們怎麼說？」

「老樣子，好像每天都在互鬥。說得好聽是維持現狀，說得難聽就是毫無進展。**大賢者不在**果真影響甚鉅呢。」

果然是那樣嗎。

緹亞忒暗自嘆息。她明白那並不是時間能解決的問題。她了解事態越等下去只會越加惡化。她才沒有抱持期待。所以根本不覺得心寒。更不會絕望。

不過，她只感覺到焦躁。時間不會幫忙解決。能解決的只有自己這些人。只要明顯展現出妖精目前仍有身為兵器的價值，那些孩子應該就會被允許繼續活下去。所以——

「欸，緹亞忒。」

可蓉用低而沉著的嗓音叫了她的名字。

「不可以心急喔。上個月的事情……先不提另外兩個人，像我就還沒有原諒妳。」

「嗯，我明白，我懂妳的意思。」

可蓉只有在真正認真談事情的時候，才會發出這種聲音。

因此，緹亞忒頭也不回地，用了缺乏抑揚頓挫的語氣如此答話。

年幼的黃金妖精，會從「作夢」的那一天，開始接近大人。

然而——妖精這種東西，原本就是不穩定的存在。只憑著以往曾為孩童魂魄，就仿照孩童模樣誕生於世的自然現象（妖精只有女性的原因應該也出在這裡）。其存在的大前提在於孩童之身，根本沒辦法長成大人。

因此，從「作夢」的那一天起，妖精的生命便懷有矛盾。那種矛盾會隨著時間流逝殺死妖精。只能當孩童的東西不當孩童時，就什麼也不剩了。

不過那原本是可以規避的。

所謂成體妖精兵，指的是為了方便當兵器使喚而經過調整的妖精。調整細目包含抑制基礎魔力輸出量以防意外導致的失控，以及調理體質好讓耐用年數盡可能延長。

經由那樣的過程，原本曾是年幼孩童的妖精在得到青春期心靈與軀體之後，還是可以繼續保有自我。

此外，當然了。

不經由那樣的過程，妖精們就無法活著迎來青春期。

「學姊們不斷打倒〈第六獸(Timere)〉，才會被護翼軍所需要。

因為打倒了威……〈最初之獸〉，我們這一代也有了棲身之所。

可是，〈第六獸〉與〈最初〉都沒有再進攻懸浮大陸群。想讓阿爾蜜塔她們活下去，就需要新的敵人，以及妖精兵能有效對付那些敵人的證據。」

為了不讓任何人聽見，緹亞忒用細細的聲音嘀咕。

「換成珂朵莉學姊……她肯定會有辦法吧。」

緹亞忒希望變得像她一樣。

既強又帥氣，背影總是耀眼燦爛。

假如她在這裡，或者自己能變得像她一樣，肯定就不會有任何的問題了。擋著妖精倉庫未來的危難，肯定可以快刀亂麻地一舉解決。

然而，事情沒能如此。

緹亞忒・席巴・伊格納雷歐沒能成為珂朵莉・諾塔・瑟尼歐里斯。起碼為了接近對方背影而掙扎過的結果，也是以失敗告終。

——妳只是想把尊敬的學姊名字，用在戲劇性的自殺表演上面罷了。

這是某日某地的某人，曾說過的話語。

（……好討厭。）

那些話大概說對了。因為自己找不到答案，才會想從最喜歡的學姊身上仿效出模範解答。那種取巧的想法被他看穿了。

他明明什麼都不懂，什麼都不明白，什麼都辦不到。

被那種人看穿，感覺既懊悔又難堪。所以……

「果然，我最討厭那傢伙了。」

緹亞忒就像在提醒自己，又如此嘀咕了一次。

「所有的今天，都將通往明天」
-bottle of elpis-

1．特殊任務

視野狹窄。

不轉頭就不曉得周圍的情況。

緹亞忒確實說過這是「感覺有意思」的面具，但實際戴了以後，又覺得這是不便到極點的玩意。或許也是因為她選了重視造型的款式所致，眼睛和鼻子的孔開得太小。不只看不清楚外面，每次呼吸還會悶住鼻頭。實在難受。

「這個不能摘掉，對吧？」

在連接尼茲大灶街與貝爾霍克螺絲鉤街的小巷裡。緹亞忒嘀咕似的問了走在旁邊的納克斯。

「因為是易裝用的嘛，妳就忍耐吧。藏頭遮臉地在外走動也不會醒目，對密探執行任務來說正好。」

嘟嘟噥噥的模糊聲音傳了回來，他似乎也有嘗到他的苦頭。

「能這麼公然地享受節慶的機會可不多，抱著好好玩一番的心態才比較輕鬆啦。」

「你可以想得那麼正面，感覺就已經滿輕鬆自在了耶……」

緹亞忒不安分地晃晃身子，把外套的肩頭調整好。這件外套也挺讓人困擾。為了改變體格給人的印象，她故意挑了不合身的來穿，導致肩膀與下襬始終有不服貼的感覺如影隨形。再加上料子厚的關係，穿起來非常重且熱。

遠方有鐘琴報時，告知已是傍晚。

在奉謝祭期間，萊耶爾市內的街燈會換成淡紫色。據說那是象徵生死交界的顏色。實際上，有如將夕色黏貼上去的那幕光景，正散發著某種非屬人世的氣息。

簡直有種走進童話插畫中的錯覺。

他們好幾次與路上的行人錯身而過。每個人都穿戴白色面具與樸素外套，別說長相，就連彼此的種族也無法分辨。

「——欸，緹亞忒小妹。」

納克斯用沒勁的聲音搭話。

「什麼事？」

緹亞忒仍將目光停在腳邊，並且回答。

「看艾瑟雅小姐那樣，大約幾歲啊？」

「……她比我大四歲，所以我想是十九。」

「十九。十九是嗎……」

納克斯似乎面有難色地陷入沉思。

「會意外嗎？還是說，你以為她年紀還要更大？」

「唔～哎，我想是那樣吧。即使聽了數字，確實也不太合印象。」

感覺上，那樣的心情倒不是無法了解。緹亞忒本身也有點難接受，自己與艾瑟雅之間的人生經驗只差四年份的事實。

「因為她是個挺豁達的人。我想無論說她幾歲，那種不協調的感覺也還是抹滅不去。」

「不是那樣啦。」納克斯一邊搔臉一邊說：「妳不覺得，那個人有種寡婦般的韻味嗎？」

噗嗤。

緹亞忒不小心從面具底下大聲笑了出來。

「寡……寡婦？」

「啊～我不該在跟她算一家人的妳面前說這些的。抱歉。」

「呃，沒有，我剛才不是因為那樣才冒出反應。」

怎麼辦。頗令人信服耶。艾瑟雅．麥傑．瓦爾卡里斯在這幾年不可思議地有了那樣的威嚴，要說她遭遇過什麼特殊的經歷，感覺確實很貼切。貼貼切切。

緹亞忒花了一點時間讓呼吸穩定。

「賽爾卓先生，你——」

「叫我納克斯就好，我對可愛的女生特別優待。」

對方搶話似的告訴她。

「又來了。你對任何人都這麼說吧？」

「以結果而言是啦。在這世上，不可愛的女生難求啊。」

是是是，這樣喔。

或許在某方面可以算無懈可擊的漂亮說詞，然而對聽者來說並沒有多大意思，更無認真奉陪的道理。

——一瞬間，緹亞忒還想起了某個對所有「女兒」散播博愛的父親。不過，那終究只

是一瞬間的事。

「賽爾卓先生，你曉得黃金妖精的事，對不對？」

「是……是啊。嗯，沒有錯。聽人說過大概。」

莫名含糊的回答。

關於黃金妖精的存在及運用狀況，即使在護翼軍當中也只有部分人士得以了解。而納克斯·賽爾卓上等兵於參加這次作戰之際，便成了知情的一分子。

連累到他，讓緹亞忒覺得有點愧疚。畢竟這種愁悶的內情，能夠不知道當然最好。

「既然如此，你應該曉得吧？我們整個種族都只有女性。別說守寡，基本上結婚與戀愛都跟我們沒有緣分。」

「基本上啦，對吧。」

難以分辨是信服或附和，格外含糊的答覆。

「當例外可以被容許的時候，那就不算硬性規定。既然不是硬性規定，我想應該也不用那麼介意。」

「聽起來真是極端論調耶。」

緹亞忒半傻眼半佩服地回話。

「假如你想追艾瑟雅學姊，就要加油點才行喔。因為你非得面對相當棘手的回憶。」
「……剛才我說她是寡婦，莫非猜對了？」
「哎，誰曉得呢。」
緹亞忒朝對方聳了聳肩。

†

窄長房間。
門屬於往通路拉開的類型。
正面有一扇大窗戶。百葉窗為金屬製，但是生了薄薄的銹，而且感覺並不太牢靠。房間裡有三張上了年紀的床、一個小小的床頭櫃，擺得有點擠。整體來說都顯得陳舊的空間之中，只有床單與花瓶的花煥然一新。
地點在市內的飯店。
這是本次任務分發用來當據點之一的客房。房間絕對稱不上高級，但這裡並沒有人會抱怨那些。

「我回來了～」

「噢，回來啦！」

緹亞忒走進房間，把捧著的紙袋遞給可蓉以後，就摘下面具脫掉外套，倒到了床上。

「採購任務平安結束啦～」

「嗯，歡迎回來！」

「街上沒有什麼詭異的動靜。哎，雖然城內在這個時期，一切都怪裡怪氣的。」

聽納克斯報告，緹亞忒也點了點頭表示：確實沒錯。

「話說，這個房間在防諜的部分沒問題嗎？」

坐在床上的艾瑟雅朝納克斯問道。

「我們師團在城內擁有的隱藏據點中，這裡算可靠度高的喔。從樓上樓下或隔壁房間都接收不到房裡的聲音，走廊呈一直線，窗外也視野開闊。」

納克斯聳肩回答。

緹亞忒則按著他那番話，試著檢查地板、天花板還有門窗。原來如此，確實如他所說。用耳朵似乎難以從外頭聽見這個房間的對話。

「只要沒有迷糊到待在窗邊讓人讀唇語，就不用擔心才對。」

啊，對喔，那部分也要當心才行。

緹亞忒暗自感到有些佩服，並拉上窗簾。

「納克斯，感覺你懂得好多喔！像諜報部一樣！」

可蓉一邊確認床鋪的彈簧有多硬，一邊表示佩服。

「啊～諜報部嘛。」身為當事人的納克斯看似有口難言。「唉，某方面來看是滿像的啦，怎麼說好呢，我只是曉得他們有哪些能耐……」

「這個人到處揀情報的技術可是相當有一套喲。上個月，他多方探聽我們倉庫時的身手，就讓人開了眼界呢。」

「……我可不記得自己有用那麼容易留下馬腳的調查方式。」

「所以我才說開了眼界啊。只是時間挑得不巧，你在我們有所準備時自己送了上來。」

納克斯氣惱似的咂了咂嘴。

「意思是妳們從最初就放了釣線，要等調查的人上鉤？」

「就是那樣嘍。原本沒有打算讓人拿的餌被精準地咬走，我們也捏了一把冷汗就是了。」

「我會把妳的話當成安慰。」

只有兩個人在進行讓人不太懂意思的對話。

納克斯瞥向歪頭不解的緹亞忒，然後微微嘆息。

「總之，這兒就是那樣的房間。開始談事情吧。接下來，我們到底要做些什麼？」

「啊～對喔。畢竟也不太能悠悠哉哉的嘍。」

艾瑟雅說完便端正姿勢，咳了一聲清嗓。

緹亞忒也跟著將背脊挺直。

「有問題之後再讓你們一起發問，我先說明狀況。這座萊耶爾市，目前至少被人夾帶了三頭〈獸〉進來喲。」

……………………

「什麼？」

對方說了些什麼，緹亞忒實在無法理解。

講到〈獸〉，應該就是指〈十七獸〉。與之遭遇便會直通死滅，有悖於理的破壞化身。

以往毀滅了那片大地，如今仍繼續擔任著大地的支配者。原則上它們不會涉足天空，因此這座懸浮大陸群才能存續至今。

那並非能輕易操控的存在。

至少，那並不是裝進行李箱就可以帶著走的輕鬆玩意。

「我看過記錄喲，上個月，〈第十一獸〉被人放了出來對不對？而且，有艘特大號飛空艇與將近一半的港灣區塊都被帶走了。」

「啊……嗯。是的。」

緹亞忒點頭。

「這表示，有人將〈第十一獸〉帶進這座島……說得更精確一點，是成功帶到了護翼軍的飛空艇裡，對不對？」

的確，正如艾瑟雅所說，而且，原本那應該是怎麼也不可能辦到的事情。〈第十一獸〉會與觸及的物體同化，並且毫無止盡地變大。想用手搬就是手遭殃，想裝進鍋子就是鍋子遭殃，想用飛空艇載就是飛空艇遭殃，一下子就會被〈第十一獸〉吞沒才對。

只要不施予衝擊，侵蝕的速度便沒有多快。利用那段空檔或許是可以移動一小段距離

……而那就是常識能設想的極限。

「還有，不可以忘記喲。在五年前，那座島——」艾瑟雅指向比窗外更遠的彼端，三十九號懸浮島飄浮的方向說：「——就是被艾爾畢斯集商國帶去的〈第十一獸〉吞沒的。換句話說，從地表把〈獸〉帶到那裡的技術，在當時就已經確立了。」

「啊。」

沒錯。事情就是那樣。

「那種技術的名稱，通稱為『小瓶』。在鑿空的特製玻璃珠裡，把〈第十一獸〉預先封進去的技倆。」

「玻……玻璃？咦，可是，那樣子玻璃不就被侵蝕……啊……」

緹亞忒想通了。

她連連眨眼，並且把頭偏向一邊。

「……咦，不會吧。怎麼可能。方法那麼單純嗎？真的那樣就可以了嗎？」

「真的那樣就可以喲。先不論想出方法的過程，艾爾畢斯那些敢於實際嘗試的技術人員可厲害了。」

用「厲害」就足以形容嗎？

那是不該想出的主意，不該思考的主意，不該嘗試的主意。是從頭到尾由禁忌組成的大滿貫。

「玻璃怎麼了嗎？」

可蓉顯得不明白，緹亞忒便動作卡卡地把頭轉向她那邊。

「……玻璃是怎麼做的，妳曉得嗎？」

「唔～」可蓉把手指湊在太陽穴，思考了一會兒。「把沙子熔化再凝固。」

雖然省略了許多細節，但是大致上沒錯。緹亞忒點頭。

「那麼，關於〈第十一獸〉無法侵蝕的東西呢？」

「呃～……石頭與沙子……哦。」

可蓉睜圓眼睛。

「就是那麼回事。」

緹亞忒點頭。

「那隻黑水晶妖怪，應該也無法跟只用沙子製作出來的玻璃同化。照理說是這樣。所以，只要把它的小碎片封進玻璃裡頭，就可以安全地攜帶了。」

先那樣處理，想用的時候一到，再把玻璃打破就行了。

話說回來，打破應該也需要一番工夫。比如要是砸在腳邊，自己便無法逃掉。要解決那個問題……對了，用定時炸彈之類的裝置就行了。正如上個月事發之際，身分不明的某人所做的那樣。

「光是如此，能輕易讓一座懸浮島墜落的兵器就完成了。」

「嗅嗅嗅～」

可蓉發出感嘆之聲。

「實際上，那傢伙能吸收任何衝擊，要怎麼從它身上切出小碎塊還是留待解決的根本性問題。不過艾爾畢斯的努力家，就設法克服那道牆給眾人看了喲。」

艾瑟雅露出苦瓜臉，聳肩。

「而且，『小瓶』總共製作了九組。」

「還曉得總數啊。」

「根據扣押的資料來看啦。可信度還算高喲。」

九組。不知道該安心就只有那個數目，還是該害怕居然那麼多。難以看待的數字。

「其中一組，五年前在三十九號島打破了。另有一組上個月被用在這座島。剩下有兩組，已經由第一師團祕密回收完畢。」

「嗅嗅～」

「此外還有三組，其持有者與行蹤都在掌握之中。」

艾瑟雅用輕撫半空似的柔緩動作指向窗外。

「不過，要回收並不容易。

首先，『小瓶』的存在本身無法公開。假如護翼軍讓外界得知天上還有那樣的東西，等於承認艾爾畢斯事變尚未結束。此外，要是帶著大隊人馬明目張膽地從正面湧上，那些人被逼急了或許就會打破『小瓶』。」

嗯——緹亞忒點頭。

「因此，我們僅派能分享祕密的精銳少數行動。要找出敵方組織的可趁之機，把東西巧妙弄到手，只有這個辦法了喲。」

「那個。」

緹亞忒微微舉起一隻手，請求發言的權利。

「這項任務，該不會非常危險困難而且重要吧？」

「所以我不就那樣說了嗎？」

艾瑟雅帶著平靜的臉色回答。

「啊，不過，倒是有一項讓人寬慰的材料喲。」

什麼材料——緹亞忒探出身子。

「原本用一組就能讓懸浮島墜落的最終武器，現在有三組聚集在這裡。就算那些玻璃珠全打破了，也只需要犧牲這座三十八號懸浮島就夠了。用一座島就能了結難保不會害三座島墜落的危機，那樣對懸浮大陸群整體來說，不也挺划算嗎？」

艾瑟雅甩了甩雙手，還「呀哈哈哈哈」地笑。

「……欸，緹亞忒小妹。」

「什麼事？」

「她這麼說，就是在鞭策我們絕不許失敗對不對？」

「請不要問我。」

緹亞忒一邊用手指用力捂著太陽穴忍耐頭痛，一邊喃喃似的回答。

2. 打翻的玩具箱

緹亞忒與可蓉不在。

說是被派去執行任務，就忽然出發到其他懸浮島了。

雖然沒有人告知任務的詳細內容，反正八成是麻煩事。

不知道任務是否順利，那傢伙會不會又犯蠢發動玉石俱焚的特攻……要坦然地操心這些事，也會覺得是跟自己過不去。

所以他只好暗自咒罵：趕快辦完任務滾回來啦。

如此這般，又過了幾天時間。

†

那一天，妖精房間的門微微開著沒關。

費奧多爾對此並沒有特別抱持疑問，就握住門把，開了門。在門的另一端，當然是玩具與塗鴉散亂無序，一如往常地屬於這房間的光景。

有小小的異樣感。

理應看慣的那幕景象，總覺得就是缺了些重要的什麼。他瞇起眼睛，重新環顧四周。

開著沒有闔上的繪本，垮掉的積木。翻倒的球形族(Ballman)玩偶。看起來似乎沒有任何東西不見，可是……

……都沒有人在。

緹亞忒與可蓉不在這裡，有其緣故。她們要處理所謂的特別任務，從前些日子就離開了這棟兵舍。他並未被告知任務內容。儘管會擔心她們有沒有遇上危險，但應該不要緊。她們倆絕非外行人。一旦對上〈獸〉，在各方面都令人提心吊膽，然而那以外的狀況倒不至於讓她們出事才對……但願如此。

菈琪旭與潘麗寶不在這裡，大概是因為現在是合同訓練時間的關係。她們在第五師團的立場相當於上等兵，有義務參加士兵的部分基礎訓練。所以她們不見人影這一點，也沒有特別不自然之處。

問題在於，剩下的兩個人。

蘋果和棉花糖。

「——不會吧！」

費奧多爾發現正面的窗簾正迎風飄揚。他連忙趕到窗邊。從三樓的高度俯望底下，什麼也沒有。試著環顧周圍，找不到人。他暫且感到放心。

這樣一來，可疑的就是門。

他回頭，確認房間入口。大小差不多可以抱在懷裡的木箱就躺在門邊。原本應該擺在房間角落裝衣物的那東西會出現於此，光用房間凌亂是不足以說明的。

可以想見的是，沒錯。個頭不夠高的幼童，為了墊腳轉動門把，就將箱子移到了這個位置……諸如此類的可能性。

「那兩個小鬼頭！」

費奧多爾關起窗戶，上好鎖，然後衝出房間。

他小看了孩子的好奇心與行動力。只留蘋果和棉花糖在房間裡，根本沒辦法保證她們會乖乖看家。

還有，這裡是軍方設施。說來也合情合理，軍方設施並非適合小孩遊玩的場所。先不談受到嚴密保管的軍械一類，徘徊走動的氣粗士兵就多到可以論斤賣了。假如有無徵種幼兒混進裡頭，誰曉得會怎樣。

她們倆會去的地方是哪裡？

費奧多爾在走廊上邊跑邊想。比方說屋頂上就值得懷疑。據說妖精不會畏懼死亡的危險，況且年幼孩童本來就是具備那種傾向的生物。兩項前提相輔相乘。恐怕蘋果與棉花糖天不怕地不怕的程度，大概連費奧多爾都無法料到。

負面的想像浮現腦海。他搖頭將那些甩開。

停下腳步。中庭的對面格外吵鬧。

在那個方向，有訓練格鬥用的體鍛場。

「唔喔喔喔喔喔。」

「哇哈啊啊啊啊。」

「……………………唉。」

頭痛般的目眩感襲向費奧多爾。他用手拄了牆壁，忍著沒有當場倒下去。

現在似乎剛好是休息時間。種族各異的二十幾個士兵，正散開在牆角休息身體。

可以看見波翠克上等兵在體鍛場一角的地板站著。

他是個壯如山的狼徵族（Lycanthropos），原本光待在那裡，就擁有引人注目的存在感。不過，費奧多爾目前看向他那邊的理由並非如此。

波翠克的脖子一帶，有蘋果黏在上面。

同樣地，在肩膀一帶則有棉花糖趴在上面。

他晃呀晃地徐徐擺動著身體。被甩來甩去的兩個人都樂得呀呀笑。

「噢，四等武官。我剛才正打算請人通知你。」

波翠克注意到這邊，便抬起臉龐。費奧多爾頓時回神。

「不好意思，波翠克先生！」

費奧多爾把差點滑掉的眼鏡扶正，然後連忙趕去。

「喂，蘋果、棉花糖！妳們倆都給我下來！」

講也講不聽。兩個人都只有把脖子以上的部分轉過來，還嘟嘴說「不要」。

「妳們兩個喔！」

「哈哈哈，我倒不在意。」

身為當事人，派翠克嚴肅的臉孔放鬆，開心似的笑了笑。

「她們好像對我這身毛的觸感特別中意。既然如此，我反而要慶幸。畢竟毛皮被稱讚對我族來說就是榮耀。」

出於體貼的謊言——看起來不像。

「……是那樣嗎？」

「哎呀，原來你不曉得啊。狼徵族講究保養毛皮這件事，我以為還算有名就是了。」

呃，那一點確實是有所耳聞啦。不過那是指外表光澤，費奧多爾一直以為毛皮被摸反而會讓他們反感。

「她們是無徵種的孩子耶，不要緊嗎？」

「這沒什麼，疼愛幼子應當是不分種族的真理。四等武官，你被我族的幼兒親近也不會覺得感冒吧？」

狼徵族的小孩。

一瞬間，費奧多爾的腦海被想像支配。奶毛般柔軟的毛皮。寶石般的圓眼睛。猛搖著尾巴朝自己的臉仰望而來。然後，摸一摸下巴底下就會舒服似的瞇眼睛。不壞。嗯，感覺肯定不壞。

「那跟這是兩回事吧。」

所幸，費奧多爾擅於掩飾動搖。他面色不改地回答。

他環顧體鍛場，有幾道原本朝著他們這邊的目光明顯轉開。

「感覺上，並不是所有人都歡迎呢。」

「唔嗯。有發通告下來。說是基地裡有接受保護的無徵種幼童。」

關於通告一事，費奧多爾當然也聽說過。

然而那碼歸那碼，軍方設施依舊不是讓小孩玩樂的場所。無論從感性面或者單純覺得礙事的角度來講，並不難想像現場眾多戰士應該不樂見蘋果她們的存在。

「哎，過錯明顯在我們這邊，我還是乖乖把小孩帶——好痛！」

蘋果的手正用力扯著費奧多爾的頭髮。

「喂，住住住手，要斷了要斷了連頭皮都要掀起來了！」

「唔～」

蘋果看似有什麼不服氣。

「費多～爾，頭髮，都沒有光澤。」

「妳在講什麼啦！」

「派～翠克，頭髮，好有光澤。」

哈哈哈——派翠克朗聲大笑。是喔，毛皮被稱讚有光澤就那麼開心嗎？要不然現在立刻來活剝你的皮好嗎？

兩人走在廊上。

蘋果和棉花糖大概是玩累滿足了，都熟熟沉睡著。

「——以前，我隸屬於第三師團。」

派翠克一手抱著棉花糖，談到了那樣的話題。

「如你所知，那支師團的基本任務是在七號懸浮島——監視與嚇阻帝國。為避免奇怪的事端發生，而威嚇同為天上的居民。」

費奧多爾不明白對方忽然聊起那些的用意。

總之他幫揹著的蘋果稍微調了姿勢，並且言之無物地補上打圓場的話：「那是重要職務嘛。」

「不過，每年會有一兩次，接到與帝國無關的任務。」

「哦。」

「內容是保管附近懸浮島運來的『貨物』，直到準備好運往其他懸浮島為止。貨物每次都裝在鋼鐵製的籠子，裡頭裝了什麼，只有部分軍階的人可以得知。」

「哦。」

「可是，唯獨有一次，我得到了見識裡頭裝什麼的機會。」

「哦。」

「裡頭裝了無徵種的孩子。」

「……喔……」沒勁的附和聲中途停頓。「咦，你是說……咦？」

「由於太缺乏生氣，起初我還懷疑那是屍體，不過似乎並非那麼回事。拿到食物就會用手送進嘴裡，搭話也會做出些許反應。有沒有把我們這些人看進去就不曉得了。」

「那……」

「當時的長官稱她們為『黃金之子』。還交代她們的存在不許外揚。」

不許外揚。那是當然的吧。

雖然黃金之子也算挺草率的稱呼，但派翠克所提到的「貨物」，肯定就是黃金妖精才對。

就費奧多爾所知，即使在護翼軍之中，也只有一小撮人曉得黃金妖精的事。能催發不符常識的魔力卻無法穩定輸出，一旦失控就會引發大爆炸。提到其爆炸的規模有多驚人，更是連令人畏懼的〈第六獸〉都能燒個精光。

鐵籠大概是為防萬一，怕意外引爆才準備的吧。無論怎麼想，似乎都只能求個心安，但如果要說那些人求的正是心安，費奧多爾也無話可回。面對不明其奧的危險，人們就不得不防備。

「——明明不許外揚，對我透露這些行嗎？」

「不好啊。」

派翠克淡然地說出不得了的話。

「所以，麻煩你對這些事情守密。可以吧？」

什麼話嘛。

單方面地先把事情講完，最後才提出那種要求嗎？

「這種事我不會跟任何人說的啦。要是傳出去，不只你會遭殃，連我都會成為懲罰的對象。」

哈哈哈——派翠克樂天地笑了笑。

「……我明白所謂的任務舉足輕重。當中不能有善惡之分。何況我不過是一介士兵，絕不能判斷孰是孰非。所以在當時執行任務之際，我沒有為那個『黃金之子』做任何事。

我照著命令把籠子扛到了艇內。對於那件事，我不該有後悔或內疚的想法……不過。」

說著，他輕輕地搔起留有傷痕的那一邊臉頰。被棉花糖黏著還要挪動手臂，似乎挺不方便。

「這只是件往事。與目前在這裡的這些女孩沒有任何關聯。只是我這個老兵毫無脈絡地聊到了自己想起的回憶而已。」

「是啊。」

應該當成那樣才對。費奧多爾坦然點了頭。

派翠克上等兵對蘋果與棉花糖的來歷毫不知情。他非得保持不知情，而且，恐怕保持不知情才比較好。

即使他為這兩人做了些什麼，也絕不是在向過去無法給予任何幫助的神祕孩童贖罪。背負該償還的罪過這件事，對一介士兵而言是不被容許的。

他們停下腳步。抵達妖精房間前了。

「好啦，妳們兩個，差不多該下來嘍。」

費奧多爾輕輕地搖了搖孩子的背。

唔唔——他聽見了狀似不滿的鼾聲。

†

「菈琪旭小姐的狀況還是不好嗎？」

當費奧多爾正在消化上午的訓練項目時，他一邊跑在砂礫路上，一邊問了潘麗寶。

「因為她發燒了，所以我剛才把她塞去醫務室。」

「又發燒？……難道說，她其實生了重病？不會吧？」

「照醫生判斷，好像並沒有那回事。診斷結果說是單純的魔力催發過度。時間過去就會好。」

「催發魔力……她嗎？」

就費奧多爾所知，這半個月以來，菈琪旭應該沒有那麼誇張地用魔力做過什麼。

「我也是那麼想的，不過，菈琪旭畢竟是瑟尼歐里斯的適用者。」

瑟尼歐里斯。

即使在她們這些黃金妖精揮舞的遺跡兵器（Dagr Weapon）之中，據說仍屬最強的一把劍。

緹亞忒崇拜的「迷人帥氣的珂朵莉學姊」以前揮舞過，現在則由菈琪旭·尼克思·瑟尼歐里斯繼承的最終兵器。

「透過那把劍發揮出來的魔力，名符其實地超乎常軌。因此身體就算在不曉得的時候累積負擔，也沒有什麼不可思議。」

「這話真令人討厭。」

「是啊。」

對話中斷。

只剩沙沙沙的靜靜腳步聲扎在耳裡。

「不知道緹亞忒她們幹得好不好。」

「嗯……」

潘麗寶思考了一會兒又說：

「沒啦，不用擔心。別看外表那樣，基本上她們倆都很優秀。在一般任務中沒那麼容易出差錯才對。」

費奧多爾的立場好歹是她們的上司，對優秀這一點心裡有數。同時，他也十分了解非得在開頭先聲明「基本上」的現實。

她們倆都直率而認真，平日訓練的成果也確實掌握於身，還擁有名為魔力的王牌。然而缺乏實戰經驗的印象仍抹滅不去，在緊要關頭的應對能力讓人留有不安。

而且，最重要的是。

無畏死亡——黃金妖精如此聲稱的特質，難免讓費奧多爾腦裡卡著一層疑慮：她們會不會在不必要的場面捨命？如果人留在眼前，他至少還可以搧耳光予以阻止，但去了遠方的天空底下也就無法如願。

「你擔心嗎？」

「要是她們闖禍，還影響到我的評價，那就討厭嘍。」

費奧多爾立刻答覆。

唔嗯——潘麗寶深感興趣似的哼聲。

「原來如此，墮鬼族擅長說謊似乎是真的。」

她心服地說了那種話。

為什麼會被解釋成那樣呢？費奧多爾不太釋懷。

費奧多爾陪起蘋果與棉花糖。

因為她們揮著玩具劍攻過來，他也一樣拿了劍迎擊。雙方乒乒乓乓地互砍。時機恰當就讓武器彈飛，再挨她們的劍。我～中～劍～了。費奧多爾慘叫倒地。蘋果她們呀呀大笑。

「……………………要比劍，明明是我技術比較好。」

潘麗寶抱腿坐在房間角落這一點，就當作沒看到了。

「呼……今天也夠累的……」

費奧多爾蹣跚地回到自己房間，連衣服也沒換就倒上床。

心和身體兩邊都累了。不想再站起來。希望可以直接閉眼，沉浸在爛泥般的睡眠中。

「還真憔悴呢。你對照顧小孩不是很在行嗎？」

他覺得自己遭到揶揄──或許對方並沒有那個意思就是了──心裡氣悶，就用了比較重的語氣答話。

「要照顧小孩，我確實有經驗。但照料猛獸我就沒經驗了。」

「那種年紀的小孩，應該都跟猛獸差不多吧。」

「唔。」

被那麼一說，他也難以回嘴。

畢竟費奧多爾陪過的小孩，是僅僅比他小三歲的婚約對象。初次見面在七年前，也就是費奧多爾十歲時的事，當時那孩子七歲。儘管同樣是小孩，要跟蘋果與棉花糖比，肯定長得大一些。

那是個難應付的女孩。儘管家庭背景導致她有些自卑——或者應該說是謙虛過度，但也許正因為如此，她對敞開心房的人就會毫不顧忌地耍任性。以往一一奉陪那些任性的日子，曾讓他煞費苦心，而且……哎，當然也有愉快之處啦。

「那一點先撇開不提。」

費奧多爾在枕頭上轉頭，將目光直直朝著講話的對象。

「潘麗寶，妳為什麼會在我的房間？」

「我跟在你後面進來的啊。」

「我問的不是那個意思。」

我想也是——潘麗寶壞心地回話以後，就擅自在窗邊的椅子坐下。

「我是想說，偶爾跟你單獨聊聊天。能開開心心地聊一些無關緊要的話題，也滿有朋友的調調，應該不錯吧？」

「誰跟誰是朋友？」

「哎呀，這話真無情。原本可是你起頭的喔。」

「什麼跟什麼啊……」

自己沒有印象說過那種話，他心想。

不對，這可難講了。他沒有信心。或許是有那回事。

「什麼嘛，我才在想你怎麼從那晚以後就什麼也沒提，原來你忘了啊。」

……那一晚。她指的是什麼？

頭蓋骨裡有東西感到刺痛。

「之前你說過要讓懸浮大陸群墜落，對吧？」

費奧多爾就像彈起來一樣地從床上起身。

他想起來了。那一天，那一晚的事情。名符其實地有如遭妖精迷惑的模糊記憶，斷斷續續從腦子裡復甦。

當時，費奧多爾得了感冒，意識朦朧。在現實與夢變得界線模糊的時間中，他確實與這個少女如此交談過。

「妳……」

「如果你想問我掌握了多少，就跟之前回答的一樣。頂多只知道你正在打探護翼軍內部的情資。還有，我聽你招認過想要黃金妖精當王牌。」

我那一天在多嘴什麼啊！

費奧多爾想斥責自己，卻沒有手段能讓聲音傳到過去。

「妳……」

「如果你想問我有什麼企圖，這也跟之前回答過的一樣。我只是希望可以多了解你一點。該把你當成危險人物或親愛的友人對待，或者兩者皆是呢？目前這種懸而未解的狀態倒也不壞就是了。」

「…………」

費奧多爾只是將嘴開開闔闔。說不出話來。

潘麗寶所說的意思，他不太懂。

即使以言語來說能理解，也摸不出她的想法。

既沒有溝通已經成立的感覺，也沒有使其成立的自信。

「唔嗯。」

經過短暫的沉默，潘麗寶微微哼聲。

「只顧彼此凝望的時間也不錯，但好像與名為朋友的關係並不搭調。那麼，我們該怎麼辦好呢……」

幾秒鐘的沉默思考。表情靈光一現。

「對了。抱歉在你累的時候說這些，能不能陪我一會兒？」

潘麗寶從椅子上起身，然後走向門口。

「叫我陪妳，是要做什麼？」

「這時間要睡還嫌早。讓我們再活動一下身子吧。」

兩人從呼呼大睡的蘋果她們旁邊借了兩把玩具劍。

接著便輕聲慢步地，來到兵舍後頭，比較寬敞一點的場所。

「來比一場。先用自己的劍觸及對方者勝。」

「……欸，妳忽然說些什麼啊？」

費奧多爾朝周圍看了一圈後說道。雖然目前沒有別人的身影，但無法保證之後依然沒有人會來。

「私鬥是被禁止的，而且這種時間也申請不到模擬戰鬥的許可。」

「沒那麼誇張。我們倆只是和樂地想用玩具嬉戲。要是特地申請，反而會被笑喔。」

潘麗寶說著，就扔來一把劍。費奧多爾把那接到手裡。

「我們彼此呢，都有許多事情想問。然而頭痛的是，總不能一下子就把心裡話喋喋說出口……既然如此，用這種方式也不壞吧。」

潘麗寶換了姿勢。

從頭頂到腳尖的一直線，與重心準確疊合。以有如緩緩生波的動作，將劍握在雙手之中。或許是因為玩具比真劍輕太多的關係，感覺略顯生硬，但那明顯是認真修練過劍術之人的架勢。

「假如你贏了，就要回答我想知道的事情。相對地，假如我贏了，就會回答你想問的事情。這樣的條件如何？」

「原來如此。」

費奧多爾一邊用指頭輕按手邊的劍刃——用較硬的棉花製成——一邊在腦海檢討剛才的條件。

「比起只能相互對峙是正面一些。不過那樣的條件，對原本就擅長使劍的妳會不會太有利了？假如妳贏，就要回答我的問題……」

忽然間，他感到不對勁。

「咦？妳贏的話由妳回答，我贏的話由我回答？」

「是啊。」

「反了吧？那樣贏的人會吃虧耶。」

「如果你那麼認為，乖乖輸給我就行了。事情很簡單。」

「欸，那不就沒辦法較量——」

「我說過吧？」

潘麗寶好似要打斷費奧多爾的抗議，咧嘴一笑。她在說些莫名其妙的話時，一向是那副表情。

「我們單純是在嬉鬧。太過計較細節，也只會弄得沒意思喔。」

「……什麼道理嘛。」

費奧多爾想了一會兒，然後才舉劍。

對於正統劍術，他也多少有心得。儘管稱不上拿手，還是可以用於掩飾自己原本的使劍風格。首先就用那一套探探狀況。他決定一面留意讓自己不贏也不輸，一面試探她挑起這場意味不明的較量……或嬉戲……當中真正的用意。

「我懂啦。妳要那樣玩，我奉陪。」

「就知道你會那麼說。」

沒有宣布開始的信號。

不需要。

潘麗寶用滑步似的步法欺近，並且直直地將不知不覺中舉起的劍揮下。是即使將動作直接擷取到教本似乎也無妨，典範至極的正統劍術。

因此，要應付也很容易。

像教本所載的一樣，用典範的方式接招即可。

劈啪，不來勁的聲響傳出，劍與劍互擊彈開。

「唔嗯。」

費奧多爾無視於潘麗寶看似有所領會的點頭動作，反手揮劍砍去。這同樣像是教本中會有的動作，高雅而正統的還擊招式。少女以柄為軸將劍迴轉半圈，用劍脊擋下了費奧多爾的揮砍。

「你滿有一手嘛。」

「哈。」

費奧多爾不由得嗤之以鼻。看來，潘麗寶對說謊或客套一類並不擅長。稱讚般的話語徒具表面。雙方仍交會著的劍，在在道出了她「覺得不過癮」的心情。

既然如此，稍微進一步吧。

好似使壞的某種情愫從費奧多爾心裡湧現。他任憑那股衝動——將握著劍柄的手與指頭，挪了一丁點位置。

「唔……？」

潘麗寶的表情混有遲疑。

戒心反射性地讓重心退後。由於身體移了大約半步，潘麗寶的重心必然有些失穩。

費奧多爾在交鋒的劍上使勁。

他絕非高大，體重也不過爾爾。然而潘麗寶是比他更嬌小的少女，體重自然不用多說。而她似乎並沒有催發魔力，腕力幾乎平分秋色。這樣一來，在單純互搏較勁的情況下當然是費奧多爾比較有利。

絕對稱不上堅固的玩具劍發出吱嘎聲響而折彎。

「原來如此。」

潘麗寶低聲咕噥，然後主動放鬆力氣將架勢解除。受到牽引，費爾多爾的身子栽向前。

潘麗寶的劍描繪出與其稱作「揮」不如說是「劃」的軌道，朝他的胸膛疾奔而去。

來這套嗎？

費奧多爾沒空插科打諢。用單手接劍有危險——他如此判斷。於是，他握住自己的劍身，迎面將攻勢完全接下。

「哦。」

手中這把若是真劍，握了劍身，指頭當然會斷。假如這場戰鬥是設想成實際動干戈的模擬戰，用這種戰術即使立刻被判輸也怨不得人。

不過，現在自己是拿著玩具劍在嬉戲。

而且，玩具劍沒有劍刃。所以不管要怎麼握，都沒有道理被人閒話。

順帶一提，這場較量的勝利條件是「以自己的劍觸及對手才算贏」。既然如此，無論用什麼方式摸自己的劍，都不會導致落敗才對。

「呼。」

隨著呼氣，費奧多爾將身子壓低。他輕揮抽回的劍，牽制潘麗寶的攻勢。同時，他把一邊手臂收到自己背後，掩飾指頭的動作。

「喔。」

潘麗寶看似頗感興趣地用目光追尋藏起來的那隻手臂。費奧多爾趁隙出劍，卻在驚險之際被閃開，僅僅輕拂過少女的瀏海。

好險好險——潘麗寶的眼神看似開心地閃爍著。

棘手，費奧多爾再次確認了這一點。

雖然他從開始前就心知肚明，但潘麗寶的反射神經與身法，都位於與自己沒得比的極高境界。而且，費奧多爾故弄玄虛的戰法，簡直與這種敵手絲毫不對頭……他再怎麼施展假動作，要是全都看穿躲過，也毫無意義可言。

雙方不分先後地將距離拉開。

將已經紊亂的呼吸，慢慢調整回來。

「你要投降嗎？」

大概是汗水讓髮絲黏在肌膚上的關係，潘麗寶一邊胡亂撥著自己的瀏海，一邊問道。

「開玩笑。妳才快要撐不住了吧？」

「你那才叫低級玩笑。」

哈哈哈——頗有作戲味道的笑法。

「使出全力與逼人使出全力，都是相當痛快的事。這麼有意義的一段時光，我可不希望被你用那種無聊的方式結束。」

「妳就愛消遣作樂。」

心情倒不是無法理解，卻也令人不太想奉陪。

費奧多爾屈膝以後，便稍微放低姿勢。他將左手握著的劍身藏在背後，右手則張開五指向前伸。

「……挺獨創的耶，你這叫什麼架勢？」

「天曉得。我想肯定是在地處邊境的懸浮島深山裡，由傳奇劍豪獨門傳授的祕劍中之祕劍，反正就那一類的吧。」

費奧多爾試著隨口胡謅。

「呵呵，那我可以期待嘍。」

哎，這是胡謅的啦。

「那麼，我不用相應的祕劍挑戰你就有失禮數了。」

拜託，妳想清楚點。

潘麗寶絲毫不管費奧多爾內心疑念橫生，便用雙手重新握起劍柄。劍鋒朝向正對面，然後改為大上段持劍的架勢。

……那算什麼招式？

費奧多爾的疑慮多了一層。

潘麗寶的那種架勢，看起來實在破綻百出。

由於她舉劍太過缺乏防備，要是軀幹遭到瞄準就守無可守。因為重心也跟著劍一起抬高的關係，針對雙腿出招應該就能輕易讓她失去平衡。不管怎麼看都只是大外行的架勢。

「妳站得有點搖搖晃晃耶。那真的是祕劍？」

「呵呵呵，可不能小看這招喔。這確實是一旦使出，就必能拿下對手的祕劍中之祕劍。」

費奧多爾將眼睛瞇細。

說來奇怪，潘麗寶剛才那些話，感覺不出扯謊時特有的含糊氣息。這就表示，看起來實在不像一回事的那種架勢，其實暗藏著如她所說的威脅性。

「那就恐怖了。」

費奧多爾嘀咕以後，又把姿勢稍微放低。

雖說是底細不明的劍技，從那種架勢來判斷，會從上段發招這一點肯定不會錯才對。況且武器畢竟是玩具，速度與威力理應都發揮不了多少。只要事先了解那些，見招拆招想必就不難。

「喝呀啊啊啊！」

有些傻裡傻氣的吆喝聲。潘麗寶縱身躍起。

那套動作，看起來實在不像高手。

重心亂成一團，全身都是破綻，速度也沒有什麼了不起。這表示費奧多爾要閃躲，或在錯身之際順勢給予一擊都很容易。

搞什麼名堂啊？

提防六成，掃興四成。費奧多爾在這種心境下，望著出招來襲者的身影，於是他發現了某件事。

潘麗寶的重心偏掉了。身體隨著揮劍的手臂在擺動。因為她從那種狀況起跳，體勢才會完全失去協調。

萬一自己躲開這波突擊，她絕對會摔跤。力道或許會猛得在地上打好幾個滾。而且在費奧多爾背後，還有長著細枝的矮樹叢生，要是撞進裡頭……就算不至於受重傷，或許也會讓全身上下到處是擦傷與割傷。

「搞什麼鬼啊！」

沒有選擇了。

身體幾乎是反射性地有了動作。

費奧多爾拋開自己的劍，將雙臂伸出。他用身體鑽進少女的劍圍中，像是要把人直接抱到懷裡一樣地接住了對方整個身子。

沒有完全接好。

墮鬼族對苦力活並不拿手，臂力支撐不了少女連衝帶跳的體重。費奧多爾摔倒，背脊重重地撞在地面。

「分出勝負嘍。」

砰。費奧多爾聽見自己額頭被敲的微微聲響。

騎在他肚子上的少女，耀武揚威似的從鼻子發出了「嗯哼」的聲音。

「還有那樣的啊……？」

「我想只有對好心無比的人才管用吧，目前我用過兩次，兩次都有收拾掉對手喔。」

「什麼嘛。表示在我之前只有一個人中招不是嗎？」

「那還用說，想跟好心無比的人交手，機會可不多。」

費奧多爾無法接受。他倒在地上鬧脾氣。

「頭一次用這招時，我也不是刻意的啊？我從沼澤旁邊衝上去揮劍，對方那個男的就主動當我的肉墊了。後來我才曉得，他其實是個不得了的高手，年幼的我根本沒道理砍中他喔？」

喔～是是是，這樣啊。

對於被人用卑鄙手段偷襲這件事，費奧多爾並不打算責怪。

不對，倒不如說，那原本應該是他們這些墮鬼族的本領。爾虞我詐理應是自己的擅長項目，完全著了對方的道讓他不甘心。而且臉上無光。

「還有，這場較量實在愉快。」

潘麗寶心情大好地說完，就躺到費奧多爾旁邊。

「……衣服會髒掉喔。」

「沒什麼，我都是這樣子。」

她隨口一說，然後高高地舉起單手。好似要抓住星星一樣。

「一場較量勝過千言萬語。費奧多爾，我對你多少有所理解了喔。」

「妳在講什麼？」

「起手的第一招，你展現了中規中矩的正統派劍術。不表露自身習性，求的是觀察對手態度，更進一步地說則是為了看透其目的與性質。」

「…………」

「不過說來說去，你大概還是嫌麻煩。對狀況掌握到一定程度以後，你就改變動向現出自己的本色。這便是所謂的空來實往吧。」

「…………」

「乍看下似乎是典型的偏門劍法，仔細觀察卻又不是那麼回事。『虛』的假動作穿插得巧妙，『實』的動作倒是合乎典範且老老實實。大概是因為對膂力不足有自覺的關係，定勝負的一擊總是採取正攻法。只是在抵達那一步之前的步驟彆扭，最後所選擇的手段仍十分老實。此外，或許是一面保留觀望的餘力一面進逼所致，步伐有些不夠果決。與其稱其為慎重，實際上恐怕是——」

「我懂啦！我知道妳看穿了不少事，所以別再講了！」

費奧多爾發出悲鳴。

就連逞強的餘裕也沒有，一切正如潘麗寶所言。費奧多爾本身有自覺的部分是如此，除此之外的部分恐怕也是。

「哎，決鬥果然不錯。比起講一百句話，更能深刻理解彼此的事情。」

「希望妳也能想想單方面被理解的立場啦……」

他無力地咕噥。

「總之就這樣嘍。輸家在戰鬥中已經暴露了不少訊息。因此，身為贏家的我回答口頭問題應該也算公平。你想問什麼？」

這麼說來，他們就是那樣子談成了如此的一場較量。

有不能說出口的事，也有想問的事。所以這對費奧多爾來說，應該屬於樂見其成的發展就是了。

「……總覺得不能服氣耶……」

「那你多練練再來挑戰就行啦。我沒辦法等你太久，所以要盡早。」

「我無法接受耶……」

費奧多爾仰望著天空，並且嘀咕。

「……妳們幾個，是護翼軍的祕密兵器。」

「是啊，沒錯。」

「魔力為相反於生命力的概念，而妳們可以本著缺乏生命力的理由，催發出超乎其他種族常軌的猛烈力量。還可以擲出所有生命力，引爆更加離譜的威力。」

「正是如此。」

「那麼，接下來就是疑問了。妳們幾個為什麼要對護翼軍效力到那種地步？妳還是有想要好好活下去的想法吧？」

「唔嗯，了不起。問到這種不好回答的事情。」

蠢動著躺到旁邊的氣息，讓費奧多爾挪了身體。

「五年前，記得是到珂朵莉學姊她們那一代為止，基本上要是不那樣做……懸浮大陸群就會滅亡。〈第六獸〉放著不管會增加數量並乘風飛翔。而除了我們以外的兵器，對〈第六獸〉都無法發揮效果。所以，抵達天上的〈第六獸〉，非得由我們迅速討滅才行。」

「……還不是因為……」

黃金妖精以外的兵器對〈第六獸〉不管用，根本就是因為研發及持有與〈獸〉對抗的兵器，都被護翼軍獨占的緣故。他們一直用保護的名義遮著眾人眼睛。藉由讓人們遠離戰場，剝奪了人們戰鬥的能力。

那麼做是錯的——這便是以往艾爾畢斯集商國的結論。同時，也是身為費奧多爾姊夫的艾爾畢斯國防軍軍團長的主張。

「……怎麼了嗎？」

「呃，沒事。」

艾爾畢斯還有姊夫，都用錯了手段。

所以，他們才蒙上惡劣程度近乎想像極限的汙名，從而滅亡。

但費奧多爾並不認為那個國家的結論還有姊夫的主張有錯。人們被保護過頭，嬌縱過頭了。其結果就是失去了被保護的價值。到此為止的思路，他現在仍覺得正確無誤。

而過度保護的主犯，就是此刻在他眼前的少女，還有她那些同胞。

如此一想，心情難免變得有點複雜。

「妳說到五年前為止是那樣，意思是後來事情就不同了嗎？」

「是那樣沒錯。〈第六獸〉不再抵達天空以後，我們身為兵器，曾一度喪失存在的理由。護翼軍裡有幾位大人物，也開始主張要趁機將這種麻煩的東西脫手。倒不如說，那些人明顯屬於多數派就是了。」

「既然如此——」

「假如脫離護翼軍，我們原本會被賣給艾爾畢斯的商人。」

「——咦？」

他初次耳聞。

「你曉得吧？我們原本就是危險物。以往是因為有用途，才被維持至今。就算用途沒有了，也不可能就此解放。將所有妖精的頭統統砍了，就是維護懸浮大陸群的上上之策。

然而，那時候有個商人捧著為數可觀的成疊鈔票來到。他說不需要的話就把妖精讓給他們。於是呢，護翼的將官答應了他的提議。」

「那個商人是……」

「名字我不曉得。對方似乎想買下我們裝進爐裡燒，好當成大型兵器的動力來源。以可燃性垃圾的利用方式來說實在合理。」

潘麗寶哈哈哈地笑出聲音。

「就在那一刻，艾爾畢斯事變發生了。」

「——啊。」

原來是這樣嗎。

費奧多爾當然曉得那樁事件。而且，還比外界的人更清楚一些。

艾爾畢斯集商國是商業國家，商人無論如何都會具備強大發言權。而且，有幾個具備那種發言權的商人，把姊夫訂立的「讓懸浮大陸群所有人想起〈獸〉之威脅」的計畫弄擰了。釀出原本不需要造成的災情損害。他們威脅了大都市與所有居民，打算以脅迫的形式貫徹己見。

「我不清楚艾爾畢斯當時所準備的兵器究竟是什麼，但面對襲擊科里拿第爾契市的災厄並不管用。」

沒錯。

據說由商人們準備的那種兵器，費奧多爾也不知其底細。他只聽說過那東西固然強大，卻遇上了意料之外的〈獸〉而遭到破壞。

「驅散那東西的，是我們妖精的幾位學姊……還有當時早就成為妖精兵的緹亞忒與剛上任的菈琪旭。」

「……妳說的是五年前的事吧？」

「那是緹亞忒十歲，菈琪旭九歲時的事。她們倆比較早熟。」

費奧多爾啞口無言。

「藉此，為了以防萬一，能對抗〈獸〉之威脅的我們，便再次取回了身為最終兵器的地位。而且自此以後，只要我們仍保有那樣的地位，就可以繼續在護翼軍保有棲身之所……事情就是這樣嘍。」

「妳說的那些。」費奧多爾口乾了。「並沒有回答到問題。我在問的是：為什麼妳們要一直為護翼軍效力？而不是問妳們如何獲得棲身之所。」

「嗯？啊，是那樣嗎。抱歉，話題偏掉了。」

潘麗寶用若無其事的語氣補述。

「妖精是年幼孩童的魂魄。擬造而出的肉體，終究也還是幼童模樣。當肉體長大而開始喪失稚氣以後，頓時就會變得不穩定。以先前緹亞忒她們那件事來講，肉體壽命在十歲那年早就已經耗盡了。

不過，護翼軍擁有將這種衰變延後的技術。妖精在施術之後就可以多活一點，多接近大人一點。而且，只有在位於小孩與大人分界點的短暫時間，才能以成體妖精兵的身分站上戰場。所以嘍。」

「那麼……」他的聲音發不太出來。「那是屬於非得定期接受護理的療程嗎？」

「不，一次就夠了。姑且也有學姊經歷過兩次，但原本是不用的。」

「既然這樣，已經成為成體妖精的妳們，應該就可以獨立活下去了吧。逃掉就行了，妳們應該可以自食其力，偷偷在其他地方過活才對。妳們可以那樣做啊。」

「……哈哈。」

費奧多爾的手碰到了某種溫暖的物體。

「你也會講彆腳的謊話呢。」

「啥？」

「你自己就不相信自己所說的話，不是嗎？我會怎麼回答，又會用什麼理由來駁斥你的意見，你早就心裡有數了吧？」

潘麗寶的手指，將費奧多爾的手指輕輕握起。

「我們幾個，全都喜歡家人。像學姊們以往所做的那樣，我們也想為學妹們提供，並且保護她們的棲身之所。為此就必須一直置身於護翼軍，展現身為兵器的自己。因為有必要，我們才那樣做。」

握著的指頭，蘊含有力氣。

「就只是如此罷了。」

——比自身性命更重要的東西，應該沒那麼多才是。

那是姊夫的話。

姊夫說了那些話，找到比自身性命更重要的東西以後，就真的為其捨棄了性命。

——緹亞忒現在還是想變得像學姊一樣。

那是對緹亞忒的評語。

她拚了命，追逐著憧憬之人的背影。她真的想捨棄性命。希望變得像學姊一樣。換句話說，那表示她同樣想為學妹們拓展出道路嗎？為了在六十八號島的眾多妹妹。為了比自己一個人的命更加重要，而且生命短暫的那些家人？費奧多爾把她的覺悟評成戲劇性自殺。她究竟是用何種心境把那些指謫聽進去的？

「我……」

「好啦，我似乎透露太多了。」

暖意從指頭離去。潘麗寶站起身子。

「我差不多該回去了。你有什麼打算？」

「……我什麼都還沒說。無論是身分，或者目的。」

「沒辦法吧。剛才那場較量是我贏了。多話是贏家的特權，沉默則是輸家的義務喔。你應該曉得，中劍的一方還喋喋不休是很奇怪的吧？」

不，妳那套論調才奇怪啦。

「不用你擔心，我也不會向任何人透露。你或許是危險人物，卻也是我重要的朋友。」

話說完，潘麗寶便準備離去。

費奧多爾朝著她的背影搭話。

「懸浮大陸群太過廣大了。」

潘麗寶停下腳步。

「數量過百的懸浮島，實在太多。就是因為有這麼多島，居民的意志才會變成一盤散沙。忘記自己受保護的那些人，就連為此付出了多少的犧牲也不曉得，還悠悠哉哉地活在世上。」

說到這裡，費奧多爾換了一口氣。

「所以，我想將懸浮島削減。」

「我應該講過，說話是贏家專屬的特權。」

「我要讓飄在懸浮大陸群的大多數島嶼都墜落。為此，我想借助妳們的力量。」

「……不出所料，你打著乖僻的主意呢。」

潘麗寶傻眼似的嘆氣。

「我什麼也沒聽見。假如你希望得到回答，就另找機會吧。」

她再次邁步了。

費奧多爾仍然倒在地上，聽著微微的腳步聲遠去。

在他眼前，有多得讓人想瞇起眼睛的滿天繁星。

「…………」

吸氣，然後吐出。

彷彿腦袋裡陷入麻痺的奇妙感覺。明明有許多非思考的事，思緒卻無法順利運作。

「我……也回去吧。」

費奧多爾慢吞吞地撐起了上半身。

當他準備直接起身踏出步伐時，忽然間，他注意到了。掉在腳邊的兩把玩具劍。

原本那算是製作得還算堅固的貨色，卻好像承受不住剛才那場干戈。兩把劍都攔腰折斷了。

「……啊。」

費奧多爾的腦海裡，浮現了蘋果哇哇大哭的臉。

3. 特務小隊

從調查開始以後，過了三天左右。

†

陰暗的地方。

緹亞忒．席巴．伊格納雷歐正屏息靜氣。

有塵埃味。一鬆懈，似乎馬上就會打噴嚏。

濃濃的不安好似即將從喉嚨迸出。緹亞忒把那與成團的唾液一起吞回胃袋裡。將意識專注於牆壁的縫隙。

假如呼吸得深一些，胸與背兩邊就會被牆壁夾住。這種狀況也讓心理深受影響。緹亞忒想起遠比現在小的時候，曾被關在衣櫥裡而嚎啕大哭的事情。從那以後，她就有點怕這種極端狹窄的地方。

（……要是長得再高一點，大概就危險了。）

對於想成為大人的自己來說，這副身體的發育之慢一直是煩惱來源。不過唯有在此時此刻，可以感謝身材的小巧玲瓏。

「來這裡的時候，沒有被任何人看見吧？」

那陰暗的房裡有六名人物的身影。

每個人都披著難分辨體型的外套，還用面具遮住臉。在節慶的這個時期並不算稀奇的打扮……同時，對於想做虧心事的人們來說，似乎也是可以掩飾自己身分的最佳小道具。

「這場交易的重要性，規模可不比平時。」

疑為代表的五名人物聚在一起——從嗓音與體格來判斷應該是男的——並且用有些焦躁的語氣，說了那樣的話。

「……那是我方要講的話。」

隻身與那五人對峙的第六名人物，則用聽似壓低過的沙啞嗓音如此回答。從那種嗓音要判斷年齡與性別都有困難。至於體格……看得出個子嬌小，卻判斷不出那是因為年幼，或者原本就是長成那樣的種族。換句話說，什麼也摸不透。

「你們帶了這麼多人來參加不能引起注目的交易。難道那就不算疏忽？」

從缺乏抑揚頓挫的語氣裡，連情緒都聽不出。

「正是因為小心，人手才會多。這是意見上的相歧。」

男性蒙面人誇張地搖頭。

「意見相歧。方便的字眼，對吧。」

嬌小的蒙面人幾乎文風不動，還發出傻眼似的說話聲。

「指定來這麼冷清的島，也有什麼含意嗎？」

「這個嘛。或許有，也或許沒有。反正那都是與你無關的事情。」

冷漠的口氣，似乎讓嬌小的蒙面人有所感觸而微微低頭。

「我也沒有聽說，你們打算用這個做些什麼。」

「我可不覺得有告知的必要。難不成還要我回答是為了和平？」

「……好吧。進入正題。東西呢？」

男子用下巴朝背後的四個人發出指示，其中一人便上前把包包擺到腳邊。

「不介意我確認裡頭吧？」

包包口被打開。從緹亞忒的位置看不清楚內容物。

（那是……成疊的文件嗎……？）

心思過度放在觀察，使得專注力中斷了。

連她自己都沒有察覺，身子就已經稍微挺向前了。指尖前端刮到牆壁，發出「唰」的細細聲響。

嬌小的蒙面人頓時身體打顫，停下了動作。

（咦……）

「好了，輪到你啦。把東西拿出來。」

「不。」

嬌小的蒙面人後退了半步。

「巧的是，正如先前所說。看來這場交易似乎不能繼續下去。」

「啥？」

「若是彼此都平安，後會有期。」

話說完以後——嬌小的蒙面人轉身就跑。外套下襬隨風飄揚，朝關閉的窗口衝去。

（什麼！）

當著驚訝的所有人眼前，嬌小的蒙面人開窗後隨即縱身向外一跳。這個房間應該位於三層樓高，卻聽不見墜落聲或著地聲或任何聲音。

接著，在一轉眼的時間內，就連背影也看不見了。

†

「——果然是那樣啊。事情挺難辦呢。」

艾瑟雅交抱雙臂，呻吟似的嘀咕。

「那個小傢伙，不知道是直覺靈或耳朵尖，總之就是遲遲逮不到人。在其他島上，諜報部好像也讓他溜了好幾次喲。」

應該也是，緹亞忒心想。她親眼見識過所以能了解。那個嬌小人影展現出的是光用敏感或纖細一詞解釋不來的戒心。恐怕是原本就感覺敏銳之人，在幾近於強迫症的膽小逼迫之下，才能達到的某種境界。

還有，純看身手也相當驚人。可以體會的是要靠零星人手將其逮住，感覺並非易事。

當然了，如果能設下大規模的包圍網，說不定對方就會意外簡單地落網……不過，正是因為無法用那種手段，目前自己等人才會在這裡。即使望洋興嘆也沒用。

「妳說他聲音莫名沙啞，對不對？那似乎也是運用藥物，讓嗓子暫時性受傷的效果。對方為了隱藏身分，不惜做到那種地步喲。」

唔哇，緹亞忒心想。

該怎麼說呢，有必要做到那種地步嗎？如此的疑問在她心裡停不下來。當然，或許在那種業界屬於理所當然的手段就是了。

「欸，剩下那些傢伙不用抓嗎？」

可蓉一邊在椅子上將身體晃來晃去，一邊問道。

「那些人只是客戶。抓了也套不出什麼喲。只會白白地張揚我們的存在。」

艾瑟雅擺出為難的臉色，把眉毛擠得歪扭。

小時候也就罷了，如今她已經長高且帶有成熟氣息，感覺不太搭調。

「那些傢伙明顯是壞人，要放著不管確實會有所躊躇。不過，我們的目的到底是保住『小瓶』，所以要盡量避免繞風險高的遠路喔。」

「唔嗯～」

「當然嘍，也不是單純由他們去。怎麼樣，賽爾卓上等兵？掌握到那些人的底細了嗎？」

艾瑟雅將輪椅轉了方向，改成面對牆際的納克斯。

「……我跟蹤到他們下榻的地方，然後確認過長相了。其中一個是熟面孔。是在舊艾爾畢斯登記有案的商人中，曾搞過惡質勾當的傢伙。剩下四個大概是他的護衛。」

「哇噢，真厲害，有兩把刷子耶。麻煩你照那種步調，把下一個埋伏的地點也推敲出來。」

「……我說啊，艾瑟雅小姐。」

納克斯一邊搔搔頭，一邊抗議。

「要我幹我當然會照辦啊，但我是以軍人身分待在這裡的耶。該怎麼說哩，太常要我動用副業的那些門道，也會造成困擾喔。」

「沒關係，反正都不會在軍方留下紀錄，你就安心讓我使喚吧？」

「問題並不在那裡……呃，雖然那也挺要緊的啦……」

唉——納克斯垂下肩膀。

緹亞忒並沒有掌握到，他們在對話中提及的納克斯的「副業」是什麼。看來那似乎讓他人面相當廣，可以收集到許許多多的情報。

大概是記者或偵探一類吧。那樣的話，感覺有點帥呢。但是納克斯本人感覺倒沒有特別帥。雖然緹亞忒不會說出口就是了。

「好像很辛苦呢。」

當她端咖啡給在場所有人時，唯獨納克斯的杯子旁邊，有多加一顆方糖。

「賽爾卓先生，你好像累了，所以這是特別附給你一個人的。」

「真是個好女孩耶。」

對方莫名感慨地說。

「過兩年以後，我可不可以追妳？」

「我不要。」

儘管緹亞忒自己也不明白為什麼，卻立刻就回答了。

†

調查踏踏實實地持續著。

不曉得艾瑟雅與納克斯是怎麼做的，但他們兩人從各個地方蒐集到了情報。結果揭穿萊耶爾市這座居民銳減的城鎮，竟然聚集了為數驚人的非正規居住者。

那些人大多是研發或製造違法兵器及藥物的分子。

若是試著思考，事情會這樣倒也合理。

原本做這種勾當時，會有幾個非解決不可的問題。那就是非得確保用地夠寬廣；確保機械用具的動力；掩飾無論如何都會冒出的聲響；還有鄰近居民的疑惑眼光。

而在這座萊耶爾市，所有問題都能一次解決。機械用具就在旁邊不停運作，動力自己就會供給，運作聲響隨時充斥於任何地方，到頭來連所謂的鄰近居民都稀少無幾。

當然了，問題在於這裡再過幾個月就會與三十九號懸浮島相撞，或許整座城鎮都會被〈第十一獸〉吞沒。但換個方式來說，那也等於所有證據在半年後就會自己湮滅。

就因為如此，在這座萊耶爾市，已經聚集了為數不算少的不走正道之輩。

而且就算那種人增加得再多，大街上當然還是一樣冷清。

「……真不知道為什麼。」

緹亞忒依舊穿戴著面具與外套，走在行人稀少的大街上。

她在之前那間飯店附近，找到了還算美味的麵包店。夾了火腿及培根的三明治尤其不賴。但那裡似乎都沒有點心類的商品，唯一有賣的，是幾乎不甜又乾巴巴的小包裝餅乾。

好想念菈琪旭的甜甜圈。

還有費奧多爾吃的那種也是。據他說泡牛奶會很好吃的那種甜甜圈，緹亞忒想嚐一次看看。

為什麼會這樣呢？總覺得已經好長一段期間沒有跟大家見面了。

「棉花糖與蘋果她們……不知道有沒有乖乖的。」

她想起小小學妹的臉。

潘麗寶、菈琪旭和費奧多爾。三個人的臉也依序被回想起來，感覺這時候應該只有菈琪旭一個人在吃苦頭吧。因為她很溫柔，就會被小孩黏著，可是也因為太過溫柔，導致她不敢罵小孩。

「好想見——」

好想見他們喔。這句話在幾乎要脫口之際被吞了回去。

妖精兵切忌吐苦水。

目前她還在執行重要的任務。最忌有雜念。

緹亞忒如此告訴自己，然後從捧著的行李中拿出小包裹，從面具底下把乾巴巴的餅乾塞到了自己嘴裡。

啪。咔哩咔哩。

不甜。不好吃。

4. 小小的家人

據說，最近構成萊耶爾市的機械狀況並不好。

到處都有運作遲緩的情況，有的就停住不動了。結果，蒸氣或電力一類的能源循環便停滯下來，還發生了漏水與小規模的爆炸事故之類。

在這裡，古老的機械充斥於市容。構造深奧的那些玩意錯綜複雜，組成了一具有如生物的巨大機械。沒有人通曉其全貌。不過，正因為信任從以前就毫無改變地一直在運作的東西，人們才會安心地長居於此。

說起來，那就像是對於季節轉變或雨從天降一樣的信任。內心某處把自古以來便是如此當成了前提接納，人們方能構築自己的日常生活。

由於太過急進地把鋼板與發條組成大都市，就沒有任何人掌握其全貌。即使始終沒有人掌握全貌，那些機械仍堅強而勤勉地一直工作著。

如今，那樣的前提恐怕正逐漸瓦解。

原因應該出在市內人口減少，維修人員變得致命性不足……這就是市政府的想法。

雖然沒有人掌握市街全貌，但對於自己周遭範圍內的機械有所理解，還懂得幫忙維護的人在過去多得是……事情便是如此。

正因為有他們與這座城一同過活，才能讓這座城以整體來說也跟著保有健康。相反的，由於那些人從城裡消失蹤影，不僅有害於以往他們維修的一台台機械，更損及了整座城鎮的健康。

那一點本身，是從以前就預料過的。然而，狀況卻在這幾天突然惡化了。雖然有說法猜測會不會是技術好的維修員一舉大量消失了，卻無法得知真偽。而且確認真偽的意義並不大。

市政府定下了在市內展開調查，並且階段性地將設施逐步關閉的方針。高危險度的幾處場所已經切斷動力，還全面禁止市民進入。

就算花大筆金錢讓城市機能暫時恢復，減少的市民也不會回來。既然如此，用不了多久還是殊途同歸……似乎是根據如此的判斷，市政府才會有這些動作。

費奧多爾聽過那些說法以後，認為是妥當的判斷。

這座城鎮遲早會步向死亡。而且在不遠的將來，就要與三十九號懸浮島接觸而化為烏有。雖然他們這些護翼軍為了防止後者的結局，目前正在調配戰力，不過坦白講形勢簡直惡劣至極。

這座城鎮，還有這個世界，都即將告終。

沒有任何人能從那樣的事實移開目光。

†

「費奧多爾．傑斯曼四等武官請示進入。」

「准。」

等聽到回應進入總團長室以後，裡頭已經有了先到的客人。

是個坐著輪椅，金髮色澤褪了色的無徵種女子。

（……她是……什麼人？）

沒穿軍裝，也不是在第五師團會見到的臉孔。

氣質如此沉穩的女子，更沒有印象在街上遇到過。

當費奧多爾思索這些時，就與對方目光相接了。

「你好。」

柔和的微笑，還有尋常無奇的問候詞。

「啊……」

費奧多爾回過神來，把眼睛旁的眼鏡位置扶正。

「失禮了，原來有客人在啊。請容我之後再重新呈交報告書。」

「啊～不必，慢著慢著。」

被甲族以聽似愛睏的嗓音從旁打斷。

「報告書就是上次那回事吧，整理來自市政府的牢騷。先放在桌上，之後我再一起扔掉。」

「……一等武官，請你要適切處理，而不是把文件扔掉。」

「那種牢騷沒人能一一聽完啦。他們叫軍方列出從港灣區塊掉下去的垃圾桶清單耶。難不成還要派人到地表解剖〈第十一獸〉嗎？」

那確實是沒人想幹。雖然是沒人想幹啦。

「即使如此，那仍是正式的申辦公務。請你工作，不要嘮嘮叨叨的。」

「真討厭，我就討厭聽人搬出那些道理……哎呀，先不管那些了。」

一等武官的小眼睛在女子與費奧多爾之間來回。

「艾瑟雅。這個白淨小生，就是剛才我們聊到的俊男。」

「啊？」

「……哇噢～」

那名女子帶著有些吃驚的笑容，重新朝費奧多爾轉過來。

「比想像中纖弱呢。嗯～以那些孩子的喜好來說，似乎令人有些意外，又好像可以理解……」

「咦？呃，請問？」

費奧多爾被對方毫不客氣地直盯著端詳。

被恐怕較年長的女性用這種眼光打量，算是挺難得的經驗。更別說對方還是外表相近的無徵種了。心臟擅自猛跳。感覺著實不自在。

「妳是指那些女孩嗎？」

從談話的內容起碼還可以想像話中所指的是誰。經過想像以後，也會覺得對方似乎有什麼微妙的誤解。

「難道說，妳是緹亞忒上等相當兵等三員的親屬？」

「是的是的，答對嘍。」

……對方用莫名孩子氣的表情與語氣，對他說了那些話。

「啊。既然這樣的話。」

費奧多爾想起以前聽過的，六十八號懸浮島那些居民的名字。在那裡據說有個食人鬼就像所有妖精的姊姊。記得名字是叫……

「莫非，妳就是妮戈蘭小姐？」

女子痛快地噗嗤笑了出來。

一等武官則是捧腹大笑。

「……看來我猜錯了呢。」

用不著對答案，看反應就曉得。

「呀哈哈哈……某方面來講很榮幸，可惜事情不是這樣。」

女子一邊擦掉眼角冒出的眼淚，一邊揮了揮手。

「哎，事到如今，我是誰就不重要了。嗯。你就是傳聞中的少年啊。我姑且有想過要看個一眼，這樣恰恰好。」

她親暱地說完以後，還伸手要拍費奧多爾的肩膀……雖然高度不夠，但她還是用手掌拍了拍他的手肘一帶。

「哦……」

費奧多爾不知該如何反應。

「既然見了面，我有件事要順便拜託。你願不願意聽呢？」

「咦？呃，那個……」

他求助似的把目光瞥向一等武官。對方到現在仍笑得打滾，大概也沒把事情聽進去。派不上用場。

因為勢不得已。

「只要是在我能力所及的範圍內。」

他只好用社交辭令答覆。

嗯——女子微微點了點頭。

「——希望你不要責怪那些孩子喔。無論之後發生了什麼。」

「啥……？」

「我要拜託的，就這樣而已。在『能力所及的範圍』就可以了，請你多關照嘍。」

話說完，那名女子就笑了。

不知道為什麼。那是張看起來簡直像哭臉一樣的笑容。

†

菈琪旭．尼克思．瑟尼歐里斯的身體康復了。

「對……對不起，讓你操心添麻煩了！」

從醫務室回到妖精房間以後，她開口第一句話就像那樣。

怪不得她。

這幾天以來，蘋果和棉花糖都一直在這裡撒野，潘麗寶則始終過著肆無忌憚的生活。

房間勢必會變得凌亂，缺乏整頓。

費奧多爾姑且也有稍微動動手與嘴巴，但畢竟他自己也屬於不善整理的性格。再加上，這裡好歹也是女孩子的房間。要大動作地插手會讓人猶豫。

「費多爾〜！」

「多爾〜」

孩子們一臉像是在享受應有的權利，攀爬到費奧多爾的肚子與肩膀。費奧多爾則一臉像是被壓扁的青蛙，「哈哈哈」地無力笑了笑。

「我現在立刻就清理乾淨，費奧多爾先生，請你稍等……喂，潘……潘麗寶！妳怎麼把內衣扔著不管嘛！」

「哈哈哈。」

費奧多爾一邊繼續笑，一邊把臉別了過去。

萬一擅自動手整理這個房間，碰上那件內衣的就是自己嗎？太好了。自己始終沒插手，真的太好了。

「不用擔心喔，菈琪旭。聽說費奧多爾對無徵種女孩不會有情慾，所以掉在那裡的無論是內衣或者用內衣包著的真材實料都沒有關係。」

樣。

「問題完完全全一點都不是妳說的那樣啦！」

加油，菈琪旭小姐。費奧多爾暗自在心裡聲援。

還有潘麗寶。雖然那些話不至於有錯，但還是請妳不要把別人講得好像有什麼缺陷一樣。

†

出去呼吸一下外頭的空氣吧，他們如此決定。

不只是菈琪旭，幾乎無法走出房間的蘋果和棉花糖也一樣。光在屋簷下就想消耗從小小身軀湧現的無窮活力，根本是強人所難。

在節慶的這個時期，街道被染成了紫色——倒不是沒有些許猥褻的氣氛——五個人就走在那樣的路上。

不，做個訂正。有三人用走的，有兩人到處跑。

「棉花，這邊！這邊！」

「蘋果，等我，等我。」

費奧多爾難免有些不安地盯著到處猛跑的兩人。

「妳們兩個，不可以跟我們離得太遠喔？」

「好！」

「嗯！」

答得好聽。只聽回答的話。

「或許繫個繩子之類的比較好。好比說遛狗用的那種……怎麼了嗎？」

在他旁邊，菈琪旭和潘麗寶正嘻嘻笑著。

「對不起。我們是覺得你剛才那樣好像爸爸喔。」

「……我還沒有到那種年紀就是了。」

「就是說啊，對不起。」

菈琪旭帶著似乎完全沒有歉意的笑容，吐出舌頭。

她比其他三人乖巧，個性也有較內向的部分，不過骨子裡說到底似乎仍是個妖精。既會展現俏皮的一面，也會露出使壞似的表情。

只是因為不太明顯，不仔細看就不會發現。

「我們對所謂的父親，並沒有年齡差距太大的印象。畢竟我們沒有實際的生父，威廉也不是那麼年長。」

潘麗寶偷偷解說，但費奧多爾不知道該如何理解。

「受不了，為什麼要來黏我這種人。」

這是他別無深意地嘀咕的話，但說出口以後，就重新感覺到這是重要的疑問。種族不同，性別也不同，年齡差距稱不上父女。對陪伴小孩既不在行，也不算積極。舉凡受小孩喜愛的特質，連一項都想不出來。

「那個啊，道理很簡單喔。」

菈琪旭豎起食指說：

「像那種年紀的小孩，都喜歡肯寵愛自己的人。」

「……那應該說是喜歡溫柔的人，不是嗎？」

「不對喔？畢竟她們是孩子啊。怎麼可能曉得對方是不是真的溫柔呢？」

是那樣嗎？

費奧多爾不太明白。聽起來也只像在玩文字遊戲。

「我也沒有寵愛她們的意思耶。」

「那就要看那些孩子的認知方式了。答案呢，是在各人的心中喔。」

的。

「我還是不太了解……」

所謂寵愛，指的應該是更加不顧形象地討她們歡心才對吧？好比成天帶甜點過去之類

「我倒覺得你是在寵愛她們……」

即使有不了解自己的嘀咕聲傳來，他也沒有放在心上。

「費多爾～！」

「握手～！」

她們倆衝了過來，肩並肩的兩人各自用全力衝撞。

費奧多爾撐過好似會讓肚子裡的東西全部吐出來的衝擊，並靠意志力支持差點彎下來的腿。

他看向旁邊，菈琪旭同樣承受了棉花糖的突擊，還能輕柔接住。好猛，那是什麼技巧啊？武術的極致還什麼來著嗎？難道是巧手卸勁化輕煙之類，失落於遙遠歷史另一端的知名獨門絕招嗎？

「妖怪，妖怪妖怪～！」

「妖妖妖妖妖妖！」

她們倆都拚命地想要訴說些什麼。而用手所指的方向，有穿戴著眼熟面具與外套的某人身影。

「……啊。」

節慶的這個時期。

染成紫色的這座城鎮，是在仿效橫跨生死界線的交叉點。於此時此地，生人與死者都理所當然地能夠互相交會。裝扮得像死者的生人，是會藏著姓名與臉孔走路的。

所以，那只是把自己裝扮成誰都不是的某個人。應該只是碰巧在當下的這塊地方錯身而過，毫無特別之處的城鎮居民才對。

「對不起，打擾你了。」

費奧多爾一搭話，面具的主人就微微哆嗦，消失在旁邊的小路。

扮得真澈底耶，他有些佩服。穿戴面具與外套的期間，必須盡量不講話……這似乎是正式的禮儀。畢竟死者不會說話，聲音會讓人認出身分。要當個誰都不是的人，就得先捨棄自己的聲音。

那麼。

在任何懸浮島都一樣，港灣區塊肯定會成為交易要地。飛艇從外頭運來的異國商品將在那裡做買賣，反之這座島的產物則會批發給要離開的商人。因此在港灣區塊旁邊，一般都會有足以容納大量人群與眾多貨物的寬闊廣場。

萊耶爾市當然也不例外。

即使現在成了廢墟般喪失活力的樣相，原本仍是具備獨自產業而興盛一時的堂堂都市。配合當時交易量所保有的廣場空間，絕不遜於鄰近的其他都市。

「……哦。」

首先，有漂泊街頭樂團演奏的歡樂樂音傳了過來。

接著則有眾多人們的喧鬧聲。

從右到左，從左到右。遍布各處的繩索掛著無數燈火，將廣場染成明亮的紫色。朦朧不清的光源底下，有戴著象徵死者面具的人們，混在沒有那樣打扮的人們之中來來往往。

而且，成排攤販的帳篷裡，都擺了奇奇怪怪的成排土產。

分不太出來是夢幻或者市儈的景致。然而，可以感覺到活力。

「哇啊……」

菈琪旭出聲感嘆，而在她旁邊，費奧多爾同樣發出一絲佩服的聲音。

「真厲害耶。原來，這座城鎮還住著這麼多人。」

應該說即使滅亡近在眼前，都市依舊是都市。從平時寂寥的市容難以想像的龐大人群，交織成節慶的熱鬧喧囂。有人戴面具，有的則以真面目示人（偶爾也會有真面目幾乎跟面具沒有兩樣的種族），有人當遊客，有的則是攤販的主人。

「不曉得緹亞忒與可蓉現在怎麼樣了。」

聽說她們到了附近的懸浮島出任務，但後來關於兩人的近況就一直沒有消息。費奧多爾當然明白執行機密任務不太可能會做近況報告，即使如此，他還是漸漸地感到有些擔心。

「根據我之前聽說的，她們好像並沒有飛去太遙遠的島。」

潘麗寶一臉平靜地聽見他的嘀咕而接話：

「這就表示，說不定她們目前正在其他城市，盡情享受著同樣的節慶喔。」

「假如是那樣就好嘍。」

那也未免想得太樂觀了吧？費奧多爾苦笑。

「或許是那樣，也或許不是那樣。再多想也沒有用，既然如此就別去思考那些瑣碎的事情，打從心裡享受才比較好吧？」

他的背被對方「啪」地輕輕一拍。

不知道那算不算積極正面。潘麗寶講的話依舊讓人不太懂，不過，費奧多爾覺得差點消沉下來的心情似乎變得像樣了。

「喔，這不是平時那位小哥嗎！」

耳熟的聲音。費奧多爾回頭看去。

在面具成排的攤販裡頭。長著漂亮鬃毛的麵包店老闆，臉上戴了從中間分成兩半以後只留上半截的那種面具，正在揮著手。

「在這種地方遇上可真巧嘛，要不要趁巧順便吃個新款甜甜圈……哎呀。」

老闆認出有五個人手牽著手，便咧嘴一笑。

「看來我搭話得不是時候，你正在陪家人嗎？」

蘋果尖叫著「妖怪～！」還把頭埋進費奧多爾的長褲。

的確，即使撇開臉孔上半部的詭異面具不提，剛才那張臉應該能讓原本就在哭的小孩哭得更厲害，有種嚇人的魄力。

「你今天也過得挺有朝氣呢，大叔。」

費奧多爾一面說，一面把蘋果從褲子上扒開。膝蓋附近像是跟蘋果的嘴邊連成了一線，有她的口水緩緩牽絲。

「是啊，店還能開，我就鐵定健康無比！」

老闆一手拍在隆起的肌肉上頭，豪邁地笑了笑。

儘管生人與死者正在這座城市的這個時期交會，也是有人不管怎麼看都生龍活虎。傳統與風俗便是如此。但求讓大家開心地炒熱情緒罷了。

不管戴了什麼樣的面具，穿了什麼樣的外套，裡頭肯定都是活著的某個人。沒有死者。任何地方都沒有。

「話說小哥。」

對方招手。費奧多爾就這麼被招去，把耳朵湊向前。對方的目光朝著菈琪旭……

「你都有這麼可愛的老婆了，卻每次都帶著不同的女孩出來晃耶。我是不想對異種族的文化插嘴啦，但你不珍惜老婆可會有血光之災喔。」

「拜託，不是那樣啦。」

鄙俗的笑容。再沒有比這跟死者面具更不搭調的了。

費奧多爾在私底下微微地嘆了口氣。

小小的舞台上，正上演著人偶劇。

而劇碼……費奧多爾並不曉得，大概是童話或什麼來著。以古代大地為舞台，講述愛與冒險的故事。被邪惡人族勇者殺光的獸人倖存者，受了星神(Visitors)與地神(Poteau)引導，便踏上新天地展開旅程。如此的故事情節。

感覺有點不愉快。觀眾接觸過這種故事以後，往往會把矛頭指向長得像人族的其他種族——尤其是無徵種。即使不把那一點當成問題，既然費奧多爾自己還有與他一道的四人都是無徵種，就難保不會招來無謂的麻煩。

趕快去其他地方吧……在如此開口的前一刻，他發現了。

蘋果不在旁邊。棉花糖和潘麗寶也是。

「咦？」

「對不起……她們都在那裡……」

菈琪旭過意不去地用手指著的方向，在隨時都可以衝上舞台的最前排，蘋果與棉花糖挺身向前看戲看得入迷，還有潘麗寶不知怎地也在那裡。

出生沒多久的蘋果她們也就罷了，連應該屬於年長組的潘麗寶也毫不猶豫地貼上去，真讓人不知如何是好。

「……沒辦法嘍。等一等她們吧。」

費奧多爾聳了聳肩。菈琪旭變得垂頭喪氣，卻也略顯開心地笑了。

喝！哈！呀啊！人偶們手裡拿著劍，演出打打殺殺的動作戲碼。機械裝置構成的舞台還會轉動改換背景，意外地有可看之處，讓費奧多爾有點不甘心。

故事主題似乎是愛、勇氣與友情。擔任主角的獸人們與同伴攜手合作，接連闖過無論怎麼想都窮途末路的難關。

真是痛快的空想，費奧多爾認為。

為了讓任何人都能接受且看得開心，就擺出了美好的劇情發展與毫無陰霾的結局。

現實中不可能有那樣的事情——他無意這麼說。他覺得那同樣是用扭曲的眼光看待現實才會說出來的話。實際上現實是更加粗枝大葉的。應該會有靠著愛、勇氣與友情通往燦爛無暇結局的美事。同時，在同等的可能性之下，應該也會有無法通往那種結局的憾事。

「那……那個。」

菈琪旭從不到一步的距離，小聲地朝費奧多爾搭話。

「之前談過的事情，你還記得嗎？就是我想請你多關照緹亞忒那件事。」

「那個嘛……」費奧多爾有些支支吾吾。「還好啦。」

「我能不能再一次向你拜託類似的事情呢？」

他有些訝異，忍不住目不轉睛地看著菈琪旭的臉。

「我不會再拜託你扮演男友的角色。希望你以後也能像以往那樣陪在她身邊。」

「……妳這是什麼心境上的轉變？」

「因為你們倆最近光是在一起，感覺就非常幸福了。」

幸福？只因為對點心的喜好不同就追來追去，像那樣的關係叫幸福？

「那可不好說耶……」

費奧多爾歪頭。

「基本上，妳口中的緹亞忒曾把妳託付給我喔。她說妳坦率溫柔廚藝好，炸得出美味的甜甜圈，帶回家保證划算，還想請教客官意下如何。」

感覺話裡的細節好像有點出入，不過那是小事。還有，談那些的過程中，他的心思在美味甜甜圈的段落曾經搖擺過，關於這一點想想還是不提也罷。

「我……」

菈琪旭好似細細體會以後，才做出回答。

「我沒事的。我一個人也沒問題。我照樣能幸福。」

哎，又來了嗎。費奧多爾感到有些惱火。

「我想，妳們整支種族要把大陸公用語重新學一次比較好喔。」

對方「咦？」地露出了疑惑的臉色。

在一點也不像沒問題的狀況下，擺出一點也不像沒問題的臉，然後說自己「沒問題」。費奧多爾認為，這大概是她們沒有正確理解語言的關係。感覺她們對「沒問題」的正確意義與使用方式都不了解。他寧可相信是那樣。

「妳曉得要讓人不幸，最有效率的方式是什麼嗎？」

菈琪旭應該不太有機會思考那樣的問題，她微微地蹙眉，即使如此還是一邊思考一邊回答。

「……比方說，打對方或沒收對方重要的東西嗎？」

「或許那樣做也會有效，但我想並不是那麼有效率。畢竟應該會遭到抵抗，就算進展順利也會成為壞人。」

「成為壞人……呃，既然會讓別人不幸，那從一開始就是在做壞事了吧？」

正直得令人眼花的回答。真是個老實的女孩，費奧多爾感到有些傻眼。

「很簡單。告訴對方『你是不幸的』就行了。」

講完後，他當著菈琪旭面前輕輕甩了甩手。

「『你能變得更幸福』還有『我要讓你幸福』也屬於相同範疇。雖然聽起來像在講好話，不過剛才那些話，都是在斷言妳目前擁有的幸福全部是假的，只有自己告訴妳的幸福才貨真價實。一旦相信這種說詞，以往再怎麼幸福的人，都會開始認為自己還沒有變得幸福。」

費奧多爾「轟」地做出象徵爆炸的手勢。

「要是開始對自己手邊沒有真正的幸福感到焦躁，那就完了。原本手邊擁有的東西將變得只像破爛玩意，還會嫉妒起別人。變成那樣以後，就再也無法獨力看見自己的幸福。開始要依賴某個願意說『你幸福了』的人。別說成為壞人，那人還會受到感謝。情場高手、騙子或政治家都常用這種方式誘導思考。」

換句話說，那是與費奧多爾同為墮鬼族之人的拿手技倆，不過話就不用說到那個份上了。

「妳剛剛說的『一個人照樣能幸福』，就是同一個範疇內的話。在我眼裡，妳看起來是想讓自己不幸。」

「才……」

才沒有那種事——菈琪旭大概想這麼說吧。

然而，她卻在此時變得語塞。這就表示費奧多爾那套理應相當牽強的說詞，應該讓她有了某些感觸。而且這個老實的少女，並沒有能把心思立刻藏起來的城府。

費奧多爾暗自嘆息。對情場高手或騙子來說，這女孩真是好騙的類型。希望她能感謝目前在這裡的自己並不屬於前後者任何一邊。

「我不會說那樣是壞事。陶醉於不幸也有爽快之處。也有人為了活下去就必須那樣做。可是——」

說到這裡，費奧多爾一度把話打住。他在尋找能順利表達內心想法的詞句。

費奧多爾．傑斯曼是墮鬼族，把欺瞞利用他人當成本分的敗類後裔，特地對他人仔細說明那些技倆，基本上等於是自己掐自己脖子的行為。自己為什麼會做出這種事？情緒搶先捅了婁子，理性才隨後而至。

於是，他勉強有了近似答案的結論。

自己只是不想接受罷了。名為菈琪旭．尼克思．瑟尼歐里斯的少女，始終希望姊妹們幸福而無讓步餘地，卻打算把她本身當成唯一的例外。是的，假如要用一句話來表達其道理——

「——那樣不適合妳。」

「呀啊。」

費奧多爾聽見了奇妙的驚嘆聲。

「嗯。怎麼了?」

「沒……沒有沒有沒有。並沒有什麼什麼事情。我並沒有在想,你怎麼能那麼自然地說出帥氣調調的話。」

被她點破,費奧多爾才察覺到。剛才那些話就算被當成有意追求女方的情話,感覺也難以反駁。當然,他們並不是那樣聊過來的,費奧多爾更沒有刻意如此就是了。

「聽你說完,我也覺得應該就是那樣。好讓人信服。」

在紫色燈光照耀下,變得有一絲朱紅的臉頰。

「或許,我就是想要變得不幸。與其失去幸福,失去不幸肯定要輕鬆得多。」

「……我不懂妳的意思。」

意在質疑的話語。

然而,菈琪旭只是曖昧地微笑,並沒有打算多補充什麼話。看起來溫和無比甚至軟弱的那張笑容,不知為何地,足以令人感覺到面對任何詢問都不會屈服的奇妙堅強。

「所以，費奧多爾先生，我還是覺得緹亞忒……不，還有可蓉、潘麗寶、棉花糖和蘋果。和你要好的所有妖精，都要麻煩你多多關照了。」

為什麼會扯到那裡啊？

「妳不要太過信任墮鬼族喔。」

費奧多爾一邊在胸口中感到苦澀，一邊生厭地回話。

歡呼聲傳來。

眼前的人偶劇正迎向高潮。結束旅程剛獲得安居之地的獸人們，遭到巨大邪龍侵襲。面對不可能敵得過的強敵，獸人士兵仍鼓起勇氣挺身對抗。耀眼光芒將一切籠罩，星神的庇護給予正義之師力量。百名士兵所揮的百把劍，逐漸將理應能拒斥萬物的邪龍鱗片斬開。

「基本上，我才不是妳認為的那種善類……」

短短的悲鳴傳來。

間隔片刻以後，傳來如金屬與金屬互磨互擊互損時，令人聽得胃痛的大音量異響。

費奧多爾像是跳起來一樣地看向那裡。

戴面具的人，沒戴的人，在場任何人不問種族都一律把臉轉向了那裡。

雖說是港灣區塊附近的廣場，這裡仍屬於萊耶爾市的一部分。其街容幾乎全以鋼板、鋼板、發條、螺絲、電線、蒸氣管與其他種種的零件……簡單說就是由機械裝置所構成。其中有具嵌在牆壁的裝置，被半毀狀態的自律人偶一頭撞了進去。而且，理應沒有那麼容易就壞掉的幾塊儀表盤，也七零八落地掉到地上。

奇妙的沉默在四周擴散。

明明才剛發生危險的事故，所有人卻不發一語，望著那副慘狀。

在生死界線變得曖昧的紫色時光中，金屬塊好似跨越了死亡界線而沉默，大家都只是靜靜地看著。

萊耶爾市於今日，仍靜靜地朝著死亡趨近。

「最喜愛的事物，最討厭的事物」

-reasons to live-

1. 緹亞忒

艾瑟雅面對書桌，擺著苦思的臉色。

她試著面對滿桌的便箋咕噥；捧起腦袋瓜；把筆夾在鼻子與嘴唇之間；發出怪聲仰望天花板；最後就趴到桌上讓便箋亂成了一團。

由於外表是大人，與那些孩子氣的舉動就顯得落差甚鉅。

「……妳在做什麼啊？」

傻眼與義務感各半，再加上一絲絲的擔心，緹亞忒發問了。艾瑟雅「唔啊～」地抬起臉龐。

「我有點事情想了解，昨天就偷偷到一等武官那裡把資料弄了回來。然後呢，搞不懂的事反而越變越多了……唉。」

她連人帶椅地發出吱嘎聲響轉過來。

「雖然沒見到傳聞中的那兩個小不點，倒是遇見了之前談過的少年。費奧多爾小弟看起來似乎是個挺不錯的人嘛。」

「……他只有外表是那樣。內在的性格非常惡劣。」

「是喔？哎，既然跟他要好的妳這麼說，或許就是那樣嘍。」

「我們才不要好，關係超惡劣。」緹亞忒搖頭。「所以呢，他怎麼樣？過得還好嗎？」

「唔～？雖然他感覺有點累，可是看起來還不錯喔？」

是喔——緹亞忒回話以後就別開臉龐。

費奧多爾過得好。表示說菈琪旭、潘麗寶、棉花糖和蘋果她們應該也都過得好。假如有一個人狀況不佳，那傢伙也會跟著沮喪才對。

畢竟，那傢伙在那方面格外好理解。

明明愛說謊，其實卻很好懂。

「唔唔～？」

妖精學姊帶著讓人有些不爽的笑容探頭看了過來，因此她打算改換話題。

「所以呢，妳拿了什麼資料回來？」

「啊～就是你們上個月弄出的大騷動啊。讓港灣區塊墜落那一次。」

唔嘎。自掘墳墓了……倒不如說，心情上就像自己使勁從樓頂往下跳。

「因為有〈獸〉被挾帶到巨大飛空艇之中，再拖下去整座島都會跟著遭殃，就只好大家合力把飛空艇推落了……哎，乍看之下就已經是莫名其妙的事件，搭配資料詳讀以後，這裡頭可以搞懂和搞不懂的環節就多了一籮筐耶。」

「……什麼意思？」

看來，事情似乎與自己跟費奧多爾的拚鬥無關。緹亞忒重新問道。

「要問什麼意思……這個嘛。先排除〈獸〉自食其力盤踞在飛空艇中的可能性，我們可以從斷定這是運用『小瓶』犯案的部分開始說起喲。」

艾瑟雅稍作思索以後，「欸，可蓉。」就叫了忙著在床上做奇怪體操的少女名字。

「嗯～怎樣？」

「比方說，如果要拿那種『小瓶』謀害懸浮島，妳會在哪裡、以什麼方式來運用？」

「唔？唔唔唔……」

被人拋了個應該想都沒想過的問題，可蓉的心慌顯而易見。

「我想……我會在島中央把那打破吧？」

那倒沒錯，緹亞忒心想。

畢竟所謂的「小瓶」裡裝著〈第十一獸〉，是無法破壞也無法燒燬的惡夢產物。一旦釋放出來，因應的方法就只有一種。把遭受那玩意侵蝕的東西或地點全部切割，並且捨棄到大地。

換句話說，只要讓侵蝕在無法切割的地點起頭，那一瞬間便勝算在握了。

「沒錯喲。那是最佳答案。假如設定了那樣的目的，是我也會那麼做。以爆炸造成衝擊來加速侵蝕的那個步驟，原本也是多餘的。就算不特地弄那種花樣，放著不管遲早也會讓島嶼確實遭到吞沒。」

「……這表示，侵蝕整座島並不是對方的目的……？」

「沒錯。至少大有可能不是主要的目的。」

艾瑟雅明確地點頭。

「那麼，對方為的是什麼？」

舉例來說，可以想到的有……蕁麻。難道讓護翼軍旗下最大最強的飛空艇墜落，才是主要的目的？

不，對方有能耐潛入其中裝炸彈或其他玩意。將〈獸〉這張頂級王牌特地用在那地方的意義並不大。

「首先將港灣區塊納入掌握，還有透過爆炸來定下解決事件的時限，這兩種作法的用意應該就是關鍵喲。」

唔～緹亞忒交抱雙臂思考。

「會不會是在做實驗……或者說，替各種數據取樣呢？」

「說明一下。」

「那天晚上，護翼軍採取了近乎完美的行動，將損害抑制到最小。這是那位費奧多爾小弟的功勞喲。」

唔。儘管緹亞忒也覺得不甘心，卻不能不承認那一點。

「然後，妳們來試著想像沒有那樣演變的情況。假設神祕敵方的計畫順利進行，事情會變成怎麼樣？」

緹亞忒試著照吩咐回想。

最初發生的是爆炸騷動。

那場騷動成了煙幕彈，應該會讓〈獸〉的侵蝕延後被發現。還不如說那種狡猾手段才是費奧多爾的拿手好戲，假如他沒看穿那一招，軍方應該會晚個三十分鐘才能因應。

三十分鐘。有那麼多時間，損害會擴大到什麼程度？

〈獸〉的侵蝕肯定會隨時間惡化。事態恐將演變成幾乎得把所有港灣區塊，還有部分鄰接的工廠區塊都切割捨棄……

「……咦？」

「妳發現什麼了嗎？」

「這座島……不至於墜落耶。」

「沒錯。只要第五師團正常發揮全力，這座島還是可以挺驚險地保住一命。對方玩的把戲差不多就是那樣才對。」

「可是，這樣的話，為什麼要特地那樣做？」

「原來如此，是那麼回事啊。」

不知何時進來的納克斯·賽爾卓正靠著牆壁站在那裡。

「納克斯先生？」

「那時候，我也有感到不對勁。無論是最初的連續爆破，還有後來補上的一次爆炸都花了許多工夫，卻都不足以拿下關鍵性的一城。該怎麼說呢？那種做法就像在挑釁護翼軍一樣。」

他胡亂搔起色澤鮮豔的頭髮又說：

「原來那確實就是在挑釁。敵人的目的，在於執導一場護翼軍不出全力就會讓島嶼墜

落的危機，還有觀察護翼軍在面臨危機時的行動。」

「……哎，沒錯。我的推斷差不多也是走向一樣的結論喲。」

那──

「那算什麼嘛啊啊啊！」

緹亞忒連自己正在蟄伏的身分都忘了，放聲叫出來。

她不敢相信。

「敵人大概曾在某個地方看著你們奮鬥。緹亞忒沒有打開妖精鄉之門就讓事情了結，是理想的發展喲。」

那算什麼？那算什麼？那算什麼？

明明那時候，她真的已經覺悟一死了。用上捨棄性命的全力拯救大家……拯救妖精倉庫的妹妹們，還有三十八號懸浮島上，曾在自己身邊的將近所有人，她明明深信自己能拯救他們。

意思是，連那些都被真面目不明的敵方算在裡頭嗎？

「說不定，他們對於『小瓶』與〈獸〉的性能，也都沒有詳細的資料。要知道東西有多管用就只好實地取樣了。」

「有可能喲。這樣的話，最好看作敵方陣營起碼還保有可以使用一次的『小瓶』……不過對手的思考方式這麼執拗，可能連那一點都必須懷疑是欺敵之計了。」

艾瑟雅嘀咕似的說到這裡，就轉向緹亞忒與可蓉。

「那個費奧多爾小弟在後來，有沒有針對這部分說過什麼？除了預料或臆測之外，有類似感想的看法也可以。」

「咦？」

忽然被問到這點，緹亞忒也想不出什麼特別的。看向可蓉那邊，她就搖了搖頭表示「都沒有喔」。

艾瑟雅接著看向納克斯。與費奧多爾有私交的鷹翼族露出苦笑，然後聳了聳肩。

「這樣啊……」

她吱吱嘎嘎地晃起椅子。沒規矩。

「假如他的洞察力如資料所述，就算在事發當日就導出我們剛才的結論，也不足為奇。即使如此，他卻沒有醒目的動作，或許就表示他另懷鬼胎。」

「欸，艾瑟雅。」

可蓉又開始做起奇妙的體操，還稍微加重語氣說道。

「費奧多爾是個好傢伙。」

「嗯……哎，對啦。」

緹亞忒一邊望著艾瑟雅苦笑的臉龐，一邊回想起來。

那天，他們倆單獨對峙且持劍交鋒時的事。

摘下眼鏡，拋開了文弱面具的那個少年的事。

——我的姊夫說過。這個世界還不值得唾棄。

——所以，當世界將他殺害以後，我就決定捨棄那樣的世界了。

沒錯。他確實那樣講過。

不知道那是憤怒、執迷、憎惡還是其他感情。他滿懷複雜交纏的強烈情緒，像在立誓一樣地大吼。

當時自己並沒有好好把那些話聽進去。光是自己的事情就占滿了腦袋，根本沒有心思去在意費奧多爾思考著什麼。不過，萬一他那時候說的話，是在吐露以往始終隱藏起來的激情……

——假如妳們要讓整支種族都成為美談的演員，假如妳們連不該保護的人都想保護，那麼，妳們全是我的敵人。

——我就是要阻擾妳們。

那時候，他是在生氣。

他在氣想要赴死的緹亞忒。他氣可以用她的死來保護的一切，還有允許用那種方式交換生命的世界本身。假如，那正是他毫不掩飾的真面目。

他揭起的大義會是什麼？

他相信的正義會是什麼？

他所求的未來會是什麼？

為了那些，他將選擇的生存方式，又會是什麼——

「…………緹亞忒？」

「唔，沒事。」

緹亞忒將可蓉在眼前晃呀晃的手，溫柔地推了回去。

「抱歉嘍。他是你們幾個重要的朋友，總不想懷疑他的嘛。」

如此說道的艾瑟雅眼神溫柔，卻沒有任何一絲笑意。

「我們原本是只負責與〈第六獸〉戰鬥的存在……為此而長大，也為此而死去，以往那是理所當然的。而在不知不覺中，我們已經到了完全不同的戰場，與性質完全不同，連長相都看不見的敵人在戰鬥。」

她茫茫然地，像在發牢騷似的說道。

「為了讓那些統統結束，我想我也做了許多努力……可是卻遲遲無法結束呢。」

2. 費奧多爾

在窗戶另一邊，太陽逐漸西斜。

「啊。」

一等武官一面整理桌上的文件，一面像那樣發出了聲音。

不好的預感從費奧多爾心裡湧現。

「糟糕。錯過阿郵來的時間了。」

阿郵是收信的自律人偶的綽號。

在萊耶爾市，有許多都市機能都已自動化。郵務機能便是其中之一。每天跑在街上的自律人偶會將郵件回收，分門別類，然後投遞。它們信賴度高，出狀況的機率比起其他都市的普通郵務公司還低。即使現在萊耶爾市的機能開始到處出現麻痺的症狀，它們姑且仍毫無問題地運作著。

方便歸方便，卻也不是沒有缺點。

這些自律人偶可以說一點也不懂得通融。它們會在規定的時間巡視規定的場所，並且收信寄信。除此以外的時間，既不收件也不寄件。

「啊～咳咳。費奧多爾・傑斯曼四等武官，你有沒有空？」

「抱歉，一等武官。我今天接下來有推不掉的事要忙。」

「怎樣，你那算什麼老套的藉口？」

「不，我是說真的。那個……我計劃要帶蘋果她們出去買東西。」

有許多的必需品要買。替換衣物、新書、玩具。用來縫補蘋果玩鬧扯破的布娃娃所需要的針線與棉花；用來去除棉花糖任憑感性到處塗鴉而在牆壁地板留下髒汙所需要的清潔用品。並不是光靠軍方常備的物資就能應付一切需求。

「你儼然已成人父嘍。」

「我不記得自己有扛起身為父親的職責。光是疼愛可愛的小孩就得到這種評價，對世上的父親們就太過意不去了。」

費奧多爾口頭上流暢地說得煞有介事。

「哎，既然你要忙那些，能不能受託辦點事？」

……

「好露骨的排斥臉色吶。」

「不，沒那回事。只是我要忙的事情也屬於任務的一環。」

「不用擔心，是能順道辦完的事。我想拜託你送一份文件到市政府。」

一等武官說完，就晃了晃薄薄的信封給他看。

「跟之前機械狀況不良有關的文件。有三座設施得火速關閉，還有我們軍方為了應急措施而安排的技術人員與資材清單。」

「那麼重要的郵件怎麼會忘了要寄？」

「今天文書工作特別多啊。」

一等武官一面像在吐苦水似的說，還一面將目光轉開。

坦白講他就是嫌麻煩，然而那件差事本身，卻屬於沒有人做就會造成許多困擾的那一種。

「……話說回來，一等武官。眾人的將來就託付在未來的妖精兵身上，我偶爾也想為她們補充營養。呃，這話絕不是指護翼軍的伙食沒有營養價值啦。」

「有時候你就算擺著模範生嘴臉，也一樣不客氣耶。」

一等武官無奈地發出深深嘆息。

「……記得要拿收據。」

「我當然是那麼打算的。」

照顧蘋果她們原本就算在護翼軍的正式任務之內，過程中需要的物資經費基本上都可以報公帳。然而奢侈過頭的情況就不在此限了。想在那方面得逞，起碼得先威脅上司做好準備。

「沒想到你居然屬於這麼寵女兒的人。」

「我既沒有寵她們的意思，也算不上父親就是了。」

「算啦。花點經費就能了事的話倒也便宜。不過——」

一等武官勾了勾圓乎乎的指頭招他過去。

費奧多爾一邊蹙眉，一邊把耳朵湊過去。

「……再添個任務。小老弟，用你的眼睛到街上看看。」

他不太懂對方交代的意思。

「有所擔憂的話，拜託憲兵科就行了吧。」

「不是那樣。小老弟，我是叫你用眼睛去觀察。」

費奧多爾・傑斯曼的……墮鬼族的眼睛。

對方的意思並非要他用特殊能力。墮鬼族眼睛具備的力量並不算有名，而且根本就派不上用場。在此要吩咐給他的，是其他方面的事。

欺瞞、算計、蒙蔽、哄騙。一等武官希望費奧多爾用墮鬼族精於那一切的大說謊家之眼，來看穿街上有些什麼古怪。

「有頭緒嗎？」

「不確定。或許只是我杞人憂天。所以麻煩你去一趟。」

正因為沒有把握，才需要值得信任的眼光去探情報……其中道理便是如此。

說得通。也能令人接受。沒理由拒絕。所以，費奧多爾和氣地笑了笑。

「這麼說來，之前我在街頭看到了好像適合蘋果穿的衣服。」

「……隨你高興吧。」

他趁此機會，又威脅了上司一次。

†

「唔喲，呀，嗬。」

這一帶的路離市內大街有段距離。

在萊耶爾市裡頭，通往偏遠地段的路通常絕不平坦。路面每隔一小段就有高低差，還有暴露在外的管線與雜七雜八的東西，導致路上無處不是凹凹凸凸。

「別脫掉手套喔。因為這一帶油汙嚴重，空手摸到以後就麻煩了。」

「唔喲！」

蘋果似乎沒有把「嗯」發音清楚，還一邊蹦蹦跳跳，一邊活潑地回話。

「菈琪旭～拜託～」

「好好好。」

另一方面，無法順利到處跑的棉花糖，早早就放棄了各種念頭，還吵著菈琪旭揹她。

費奧多爾覺得讓她們倆養成嬌縱的毛病不是好傾向，但關鍵在於自己先養成了寵她們的毛病，所以也無可奈何。

「買東西之前，先順路到市政府好嗎？」

「好的，不要緊。」

經過如此短暫的交談以後，對話隨即中斷。

在節慶那天的互動過後，費奧多爾與菈琪旭之間，就瀰漫著有些微妙的氣氛。

與好感或嫌惡不同。並非改變距離就能立刻緩和下來的那種氣氛。硬要舉例的話，那大概與「尷尬」是最為接近的。

「身體還好嗎？」

費奧多爾想把話題接下去，便試著問道。

「啊，是的。呃……讓你擔心了，對不起。」

喲咻——菈琪旭一邊把棉花糖重新抱穩，一邊回答。

「對妖精兵來說，那是偶爾會有的症狀喔。用不符合肉體強度的熱量催發魔力以後，原本就屬於一時性的人格會變得不穩定……據說是這麼回事。與其當成身體有恙，不如說是心病。」

這才不是未知的病喔，所以不用擔心——她本人大概是這個意思。然而那樣的說明完全就是反效果。費奧多爾只會越發不安。

「呃，我跟你說。以我的情況來講，那個……似乎是有運用魔力的天分一類。即使正常地過生活，也會一不小心就旺盛地催發出魔力。遇到使用瑟尼歐里斯的日子就挺恐怖的嘍，因為那是魔力共鳴上限和增幅倍率都無止盡的劍，光是稍微喚醒它，我就快要撐不住了。」

比平時快了一點的說話速度，

比平時生硬一點的笑容。

費奧多爾認為，她聊的絕不是能讓人發笑的內容。可是，恐怕並沒有必要予以指謫。因為講這些話的當事人，肯定比誰都還要理解那一點。

「雖然我沒有要學緹亞忒……不過，我到底無法像珂朵莉學姊那樣用劍。」

又是那個名字？

妖精少女們的偉大學姊。最強遺跡兵器瑟尼歐里斯的前任適用者。曾經討滅過數不盡的〈第六獸〉，還跟名為威廉的二等技官墜入禁忌之戀，是有著許多獨特故事的妖精。

「妳並沒有必要效法那個人吧？妳就是妳啊。」

費奧多爾一邊說，一邊心想這是多迂腐的詞而對自己感到傻眼。

陳腔濫調，只為肯定對方的話語。

不過若試著回想，那一晚以劍交鋒以後，他送給緹亞忒的似乎也是類似的話語。

既無矇騙也無操弄之意，坦然從自己內心講出來的話就是這種調調。表示費奧多爾．傑斯曼的人格便是如此膚淺嗎？真受不了。

「說得……也是呢。我就是我。」

「像瑟尼歐里斯那種兵器，不去使用就行了。既然害怕自己從平日就會催發魔力，那也只好小心翼翼地活下去啦。」

「可是。」

「至少，我不想因為那樣的理由失去妳。」

「……咦？」

菈琪旭的臉染紅了。

「呃……」

費奧多爾看見她的反應，就發現自己的措辭方式又錯了。不對，不是那樣。自己想講的並不是那種附會而生的戀愛經，而是更普遍，更實際的……沒錯，講到底就是合於常識的那種意味。

「菈琪旭？費多爾～？」

棉花糖交互看著他們倆的臉。兩人微微低頭，而後沉默。

「那個。」

「我說啊。」

兩人同時抬起臉龐，不期然地對望，然後……

「……啊哈。」

「哈哈……」

笑了出來。

感覺上，與其說是因為好玩或開心，不如說是腦袋裡只浮現想笑的念頭就那樣做了。

「我說啊。」

費奧多爾一邊將不知不覺中停下的腳步再次跨出，一邊繼續對話。

「接下來我會開始胡言亂語，希望妳能聽我說。」

「你說……胡言亂語嗎？」

「是的。離譜到不先這樣聲明，就不知道什麼時候會被憲兵科追捕的胡言亂語。」

他稍微吸了口氣，在腦海中整理要說的話。

這種事並不太應該當著眾人面前揭露。然而，這也不是能永遠隱瞞下去的事。這是遲早要在這些女孩面前，明確地用言語表達出來的想法。他決定將遲早，改成現在。就這樣罷了。

費奧多爾下定決心——

「我——」

在他開口的那個瞬間。
費奧多爾發現異樣的搖晃傳達到自己腳邊。

3．瑪格·麥迪西斯

男人們來到時，那座塔就已經死了。

嵌在牆壁或地板的機械類裝置，動力一律停擺了。蒸氣及電力管線也統統遭到切斷，已經與外部隔絕。

門窗全部緊閉，萊耶爾市的市徽與『嚴禁擅闖』的看板公布在外。底下還密密麻麻地寫著萬一擅闖可判多重的刑責。

「……要說麻煩是麻煩，要說方便倒也方便呢。」

男子們就站在十三樓的其中一個房間。

若站到窗邊，廣大的萊耶爾市幾乎一覽無遺。

那男子從掩蓋情緒的面具底下俯望窗外景觀，並用分不出心情是好是壞的語氣嘀咕。

「畢竟不特地幫機械點火，就連一扇門都開不了……」

低沉運作聲在腳邊響著。

原本在地底下陷入沉默的緊急動力爐被強行啟動。

啟動之際，為了火速確保正常功率，對機械造成的消耗簡直可說是處於一種失控的狀態。儘管動力爐的壽命肯定會減短，對於男人們來說卻無關緊要。只要能撐到自己辦完事情就好。

在那些理由下，時間雖短暫，這座塔的機械類裝置仍取回了原本的功用。

這麼做既費工夫，更讓他們擔負了多餘的風險。然而不那樣就無法進入塔中，因此也無可奈何。

「……不過，因為這裡屬於禁止擅闖的區域，就不用在意外人的眼睛，說來實在值得慶幸。妳也是這麼認為的吧，瑪格·麥迪西斯？」

被叫到名字──

與他們對峙的嬌小蒙面人，身體頓時抖了一下。

「我不記得自己有報過姓名。」

「我們當然查過了。摸清生意對象的底細對我們來說也是攸關死活的問題。」

「……這樣嗎。不愧是過去艾爾畢斯首屈一指的奴隸商人。對於做虧心事有自覺，行事也就會變得謹慎，對吧？」

咯咯咯──男子低聲發笑。

「彼此彼此，我可不記得自己有對妳亮出身分。」

「我當然查過了。摸清交易對象的底細，對我來說也──」

「交易對象。咯咯咯，演技還算行，但是再客套也無法說妳入戲。」

沉默充斥於現場所有人之間。

緹亞忒·席巴·伊格納雷歐勉強將他們的對話聽在耳裡。

重啟之前泡湯的「小瓶」交易之際，那名商人選了這座塔。他的判斷應該足稱明智之舉。所有門在動力爐點火以前都關閉著，因此塔裡頭不可能有人先到。每層樓空間有限，所以即使人手不多，警戒範圍還是能完全涵蓋第十三樓。此外只要防備上一樓與下一樓，姑且就可以形容為天衣無縫才對。

塔裡頭再沒有任何地方，能讓人躲起來監視這場交易。

而且，不知道那名商人是否心裡有數，嬌小的蒙面人……剛才被他稱呼為瑪格的那一方……具備極其敏銳的感官。甚至只要有人在附近催發魔力，她立刻就會察覺到動靜並且走為上策。換句話說，那就表示運用魔力藏身的攻略方式不管用。

然而緹亞忒目前藏身的地點，並不屬於上述的任何一處。

（……好冷。）

緹亞忒用背緊靠塔的外牆，微微地打了哆嗦。

風很冷。

朝底下看，背脊就會再冷一些。

當然，就算在此失足滑落，只要有這樣的高度，就足以催發讓翅膀長出來的魔力。完全來得及，不會有摔到地面的狀況發生。儘管緹亞忒明白那一點……躲在這種地方，到底是於心難安。

「演技，還有入戲。你是什麼意思？」

嬌小的瑪格戒心畢露，並且問道。

「和字面上的意思一樣。妳真正的企圖早就露餡了。」

男子在耀武揚威地宣布的同時，將體毛濃密的指頭彈響。

男護衛就像要包圍瑪格，各自有了動作。

「你打算做什麼？」

「這只是自衛而已。我想抓住要我這條命的暗殺者。」

「…………」

「剛才應該說過了，我調查過。在舊艾爾畢斯登記過姓名的商人，這陣子有好幾個都丟了性命。那些人都有共通點，就是在進行可疑交易的途中出了事……」

在五名男子包圍下，瑪格慎重地窺探左右。

「那麼，我們繼續交易吧。把妳手上的『小瓶』全部交出來。」

（──怎麼辦？）

緹亞忒一邊冷得微微發抖，一邊思考。

雖然不太清楚雙方對話發展，可是唯有一點，她可以憑直覺看出來。

那個叫瑪格什麼來著的嬌小蒙面人還是個孩子。

大概比十五歲的自己還小幾歲。

身材嬌小，並不是因為她的種族天生如此。至少理由不單純是那樣。之所以改變聲音，不只是為了避免讓人認出本身的嗓音，否則在年齡上難保不會露出天大的馬腳。

可是……就算明白那些，又能怎麼樣？

自己等人的任務，就是回收瑪格帶在身上的所有「小瓶」。

要立刻衝出去制伏所有人，八成辦得到。只要趁這個時機發動奇襲，應該也不會像上次一樣被瑪格溜掉。可是那樣的話，只能回收到瑪格目前帶來現場的「小瓶」。考慮到這傢伙有可能和同夥分別帶在身上，便不能輕舉妄動。

（可蓉。）

將目光轉過去以後，就發現同樣貼在外牆的櫻花色朋友，擺了為難的表情。

哈啾。

可蓉擺了為難的表情，還順便從口中小小地打出噴嚏。緹亞忒連忙觀察室內的狀況。看來風聲有幫忙掩飾，沒人注意到。她安心地捂了捂胸口。

「即使我說沒印象……似乎也得不到相信，對吧？」

「看來妳相當理解狀況。」

「能交出的『小瓶』，只有一組。報酬也要向之前談過的，向你收取。」

「那場交易早就不算數了。妳現在得思考的是其他交易。內容就是用所有的『小瓶』交換自己的命。」

有一名男子採取動作。

從他手中抽出的短刀，發出了幽幽光芒。

男子突擊而去，目標是瑪格背後。

然而，瑪格能甩開護翼軍的追捕直至今日，戒心之深當然非比尋常。她大概從一開始就有考慮到遇襲的可能性，當場就絲毫不顯倉皇地輕靈扭身。短刀的刀尖輕輕掠過外套，姿勢失穩的男子直接摔倒在地……

在場任何人，應該都是那麼想的。

緹亞忒、可蓉，恐怕連瑪格、持刀男子還有其他男子也是。所有人對未來都共享著同樣的預料才對。

在場的所有人都不知情。

這座塔被停供動力，與外界隔離的理由；被指定為嚴禁擅闖，將所有門上鎖的理由。

構成這座塔的機械疲乏交加，早就超過極限了。洩壓閥生鏽，蒸氣運輸管變形，通知異常的警鈴已經故障。還一度發生小規模爆炸，在市政府的技術人員調查以後判斷為極危險狀態，當天便執行斷供，完成了封閉設施的手續。那是距今大約三天前發生的事，也是這座塔早已死亡的理由。

而且當然了，既未維護也未修理就啟動緊急動力爐這一點，讓狀況產生了致命性惡化。無處宣洩的壓力，花了三十分鐘以上的時間，慢慢蓄積毀滅性的力量，然後——

撒出爆焰、巨響與無數鐵片，並且炸開。

高塔猛烈搖晃。

窗戶紛紛破裂。

那股震動扒開原本貼在外牆的監視者，將她們甩落。

瑪格姿勢失穩了。她就像自己跌倒一樣，摔向由後逼近的短刀。

髒兮兮的鋼製刀身，陷入年幼的肉裡。

為了吐出痛苦的哀嚎，瑪格嘴巴扭曲。

塔開始傾斜。

牆壁吱嘎作響，裂開，化成無數碎片，從十三樓之高掉落。

男護衛開始掌握情況。

商人慌忙壓低姿勢。

從瑪格懷裡掉出幾顆物體。

那東西掉在地上，伴著清澈的聲音輕輕彈起。

是裡頭封著某種黑色物體，尺寸可以擱在掌心的玻璃珠。

商人張開嘴巴。他大概想說「就是那玩意」。

瑪格的目光轉到了掉下去的那些玻璃珠上面。她的視線吶喊著「不好了」。

地板已經傾斜得讓人沒有辦法站。玻璃珠當然也就朝下——朝著十三樓高的虛空開始滾落。

放開短刀的男子伸出手。搆不到。

有兩名少女從裂開的外牆衝進來。她們瞬間朝左右看了一圈，然後毫不猶豫地，朝滾在地面的玻璃珠伸了手。

抓到了。

掉下的玻璃珠有三顆。其中一顆瑪格正準備用手撈起。緹亞忒和可蓉確認了那一點。

根據艾瑟雅的情報，目前被帶進這座懸浮島的玻璃珠，『小瓶』總共有三組。換句話說，只要能保住那一顆，一切就結束了。為此要克服的阻礙——武裝的男人們——還在，但應該不成太大問題。

「不要動！」

可蓉用不太有魄力的聲音勸降。

「之後會要你們把事情從實招出來！所以現在都給我安分一點！」

——沒有任何人看見。

沒有任何人發現。

從瑪格．麥迪西斯懷裡掉出來的玻璃珠數目，其實是四顆。

非得撿起來才行的「小瓶」數目，同樣是四組。

沒有數到的最後一顆，靜靜地滾在傾斜的地板上，朝著碎散消失的牆壁外頭飛了出去。

在傾斜高塔的遙遙下方。

在沒有任何人看到的地方，發出沒有任何人聽得見的小小聲響。

玻璃珠碎裂。

4. 朝黑暗之中

「唔……」

費奧多爾緩緩睜開眼睛。好暗。

意識模糊。一時間無法想起剛才發生了什麼。

原本，他帶著菈琪旭、蘋果和棉花糖走在街上。

前往市政府的近路，位在離大街稍有距離的地方。

為了講重要的事，費奧多爾一度停下了腳步。

在那之後……沒錯，他察覺了腳底的震動。

而且，他似乎察覺得太遲了。彷彿能透過耳朵撼動腦部的巨響；彷彿朝全身撲上來的震動；彷彿失去立足之地的飄浮感；彷彿天塌下來的壓迫感。

假如早幾秒鐘察覺到危險，或許還能採取不同的行動。然而事實上，費奧多爾在混亂中只有辦到兩件事。將抱著棉花糖的菈琪旭推開，還有抓住待在手邊的蘋果，用全力把她緊摟到懷裡，這樣而已。

「……好痛，好重。」

從臂彎中傳來了抗議的聲音。至少蘋果似乎是平安保住了，他在難以呼吸的情況下，鬆了一口氣。

劇痛。

費奧多爾重新體認到現狀。自己似乎位在萊耶爾市地下鋪設的維修用地道。配合嬌小種族與自律人偶的體格所設計，待起來稱不上多舒服的地方。由於牆上儀表隱約發出的光成了光源，儘管模糊，還是能看出周遭的模樣。

而且，自己的下半身，正被分不出是牆壁或頂棚的殘骸壓在底下。大概是剛好夾在空隙裡的關係，並沒有完全被壓扁，話雖如此也不是簡單幾下就能掙脫。

劇痛的來源從這裡看不清楚，但是在左大腿。還伴隨著不明的喪失感，由此可以判斷應該也流了相當多的血。

「……唔。」

身體無法順利使力。別說把腿拔出來，連要稍微挪動牆壁或頂棚的殘骸都辦不到。感覺再拖下去就糟了。血液會隨著時間經過而減少。血液減少要脫困就會相應變難。死亡逼近而來。

死。

自己的人生會忽然在這種地方迎接那玩意，然後告終嗎？

不，費奧多爾明白，死是既不戲劇化也不特別的東西。而是從當事者無從得知的地方，在某天就突然順著文脈降臨到眼前的東西。

故鄉毀滅的那天，他看過被死亡像那樣突然吞沒的大批人群。

自己碰巧逃過了在那天那地的死。然而，似乎是逃不過當下造訪此地的死。

「你沒沒沒……沒事吧！」

當意識好像開始變得淡薄的瞬間，他聽見了那聲音。

而在下個瞬間，蓋住下半身的壓迫感消失了。

費奧多爾重新睜開眼睛，然後回頭。巨大的石材，被菈琪旭用雙臂抬了起來。

個性畏縮，明顯沒有多大力氣的少女，用纖弱手臂支撐著似乎聚集再多壯漢也不是對手的重量。那一幕，只能說是異樣的光景。

「妳……不可以，用魔力……」

費奧多爾一邊痛得呻吟，一邊仍先說應該說的話。

「會對妳的身體……造成負擔吧……？」

「現……現現在不是說那種事情的時候了啦！」

菈琪旭幾乎是哭喪著臉，把原本是頂棚的殘骸扔掉。

她扔的動作只能用輕而易舉來形容，那塊玩意則伴隨好似能搖撼大地的巨響撞向牆壁，然後一同碎散掉落在四周。

既有嚴重的疼痛，出血也多，從發燒情況可以看出骨頭也傷得厲害。大概只有大動脈沒事這一點算是不幸中的大幸。只要攙著菈琪旭的肩膀，似乎勉強還能走。

「要爬上頂棚有困難嗎……」

腿傷完成急救以後，費奧多爾重新朝四周看了一圈。

瓦礫的數量相當可觀。話雖如此，好像並不足以完全堵住地道，要到處走動似乎可行。

而另一方面，正如剛才他所嘀咕的，頭上的坑洞開在稍遠的位置，還卡了好幾層瓦礫。

「那……那個。我可以飛上去，所以只要有繩索……」

菈琪旭抓準機會強調自己的存在，費奧多爾就用手指彈她額頭。

「好痛！」

「別讓我講好幾次。不可以用魔力。沒有障礙物也就罷了，要一邊小心二度崩塌，一邊避開那麼多的瓦礫飛上去，負擔會相當大不是嗎？」

被他一說，菈琪旭便沉默下來。費奧多爾本身不會用魔力，因此說得並沒有自信，不過當事人似乎也抱著同樣的意見。

「……不過，我們總不能一直留在這裡……」

「當然了，那樣有那樣的危險。所以，我們從那邊找通路。」

說完，他朝地道的方向指去。

「你認得路嗎？」

「誰曉得。不過，至少在某個地方應該會有出口才是。」

「費奧多爾先生，可是你的腿……」

「要說的話是痛得要死，但也不至於光這樣就沒命啦。」

費奧多爾輕輕擦掉黏糊汗液耍帥。

地道錯綜複雜，簡直像迷宮一樣。

輔以視野狹窄與頂棚之低，會產生似乎比實際上更寬廣漫長的錯覺。光是走在裡頭，心情就越來越沉悶。

在那種狀況下，成為救贖的是有蘋果與棉花糖她們倆在。

年幼妖精不懂何謂死亡，或許就因為如此，即使在目前這種危機四伏的局面，她們倆好像也只當成可以稍微體驗非日常生活感的刺激意外事件。從陰暗地道節節推進的情景大概頗受兩人喜愛，她們從剛才就一直露出芳心大悅的笑容。

「我繼續談剛才的話題。」

費奧多爾一面覺得自己的模樣有點矬，一面攙著菈琪旭的肩膀走。

「就是在摔下來以前，準備要對妳說的事。」

「啊……好的。」

「我覺得呢，目前的懸浮大陸群應該先毀滅一次。」

「咦？」

間隔幾秒鐘。

棉花糖哼唱的走調旋律傳來。

「呃……咦？」

「太過和平，太過豐饒。因此，大家都忘了滅亡的意義。為了抵抗滅亡而付出了多少犧牲，都被眾人拋諸腦後了。」

「咦？可是，你那樣說——」

「元凶恐怕是數字。目前這座大陸群，仍然有數量近百的懸浮島殘存。要讓人們活著而不忘謙虛，這樣實在太多。」

這是費奧多爾的真實心聲之一。

費奧多爾．傑斯曼這個人，曾將懷有救世心願的男人奉為姊夫，這是他拋開模範生面具以後才首度吐露出來的，始終深藏於內心的希望。

「有十座……或者再少一點的島大概就夠了。只留下那些，然後讓其他島嶼全部沉沒。如此一來，那十座島的居民，應該就會全心全意地活下去。他們將感謝自己能夠活著，也會感謝讓自己活下來的一切才對。」

人們活在末日所散發出來的光輝。

當然就只有在末日中，才能得知其價值。

擁有保護之力的人，只有在正當受保護的人們心中才能保有尊嚴。

「那樣一來，任何人都會懂得感謝妳們的存在。」

「我們……並沒有想要那樣……」

「像妳們那樣的態度，也是有責任的喔。」

費奧多爾又用手指彈菈琪旭額頭。

「被搾取的一方什麼都不說，就會讓搾取的一方淪為到死都把搾取他人當成天經地義的生物。無止盡地受到溺愛，任誰都會墮落。」

「……是的。」

菈琪旭無話可反駁。

「為什麼要跟我談這些呢？呃，要是我告訴憲兵人員，事情會很嚴重吧？」

「妳不會講出去的。」

「呃，話是那麼說沒錯。但你為什麼信得過我呢？」

費奧多爾有些迷惘要怎麼回答。實際上，為什麼自己會口無遮攔地講出這些話，就連他本人也不曉得。情況明明不像潘麗寶那一次，他並沒有被逼急。

「說我信得過妳，倒是有點語病。」

他把體重擺錯地方，左腿的傷冒出劇痛。臉孔為之扭曲。

「原本這個計畫，前提在於把護翼軍藏著的祕密兵器弄到手。我之所以從軍，說起來也是為此。既然祕密兵器的真面目就是妳們，不得到妳們的協助，終究沒辦法起步。這些話遲早都非說不可。所以，我現在就講出來了。」

「你……需要我們……」

沒錯，就這麼回事。費奧多爾像在說服自己，編織著後來才想出的藉口。

「正是如此。因為還有時間，我不催妳回答。至於跟別人討論……就拜託妳盡量避免了。」

「……費奧多爾先生。」

菈琪旭用莫名沉重的表情說道。

「你們明明一點也不像，卻還是一模一樣呢。」

話說，妳是指什麼？或者說，妳在跟誰比較？

費奧多爾腦海裡浮現那樣的疑問，卻來不及開口。

「費多爾~菈琪旭！出口！找到出口了喔！」

棉花糖跑來他的跟前，還拽起軍服的衣角。只做了急救處理的傷口痛得幾乎抽搐。

哀號聲擠掉他原本準備要說的所有話，從喉嚨裡冒了出來。

「費多爾好吵喔～」

「啊啊，棉花糖，妳喔！」

「費多爾～你生氣了？」

「當然氣啊！」

蔓延開來的刺骨劇痛，甚至讓他眼角泛淚。

費奧多爾看到棉花糖一臉愣愣地仰望著這邊，就覺得滿肚子火。不懂生命的價值也罷，現在可以先不管。但至少，他希望她們長成能理解他人傷痛的孩子。感覺從現在開始教肯定還來得及。

「平安回去以後要說教嘍，受不了。」

「說教？要說教嗎？」

「妳怎麼一臉開心啊……」

費奧多爾驀然在前方認出了蘋果的身影。

她將恐怕是出口的一道門打開，茫然地望著門外頭。

「……蘋果？」

叫了名字以後，她便回神似的轉頭。

「費多爾～」

「怎麼啦，有什麼東西嗎？」

「唔～」

蘋果想了一會兒。

「黑黑的。」

然後，她講了如此莫名其妙的話。

難不成有貓嗎？費奧多爾心想。

世上有許多黑色的東西。然而蘋果年紀小，會用的詞彙非常有限。假設她發現了什麼稀奇的東西，就算無法用精確的字句來表達，也沒有什麼不可思議。

哎，正好。利用這個機會，讓她多記一個新詞吧。

透過看見的東西或摸到的東西逐漸擴增自己認識的世界，這對所有人來說都是理所當然的事。而對於只擁有小小世界的孩子來說，這種「理所當然」具備莫大的意義。

那麼，在那裡的會是什麼？費奧多爾如此心想，並且一邊輕輕施力拖起左腿，一邊靠近出口那邊看了外面的光景。

「————咦？」

霎時間，他的腦袋成了一片空白。

那裡確實有著黑色的東西。

恐怕在短短幾分鐘前還是堆積如山的瓦礫吧。形狀是長成那樣。然而，那已經不是如此單純的東西了。它變得不是那麼回事了。

黑得發亮的美麗結晶。

「費多爾～那是什麼？」

蘋果扯扯他的衣袖，但他無法回話。

當然，費奧多爾很清楚那是什麼。他也可以教蘋果認識。可是話卻說不出來。如果那麼做，好像就會承認眼前的光景屬於現實。

無視於費奧多爾內心的那些困惑與糾葛──

〈沉滯的第十一獸〉從瓦礫中解放，靜靜地展開對三十八號島的侵蝕。

「妳們快逃──！」

費奧多爾喊了出來。

「聯絡護翼軍！盡可能多讓一個市民早一秒去避難！」

狀況和上次港灣區塊那時候差太多了。從這個位置展開侵蝕的〈獸〉，並沒有辦法切割丟棄到地表。換句話說，在整座三十八號懸浮島變成黑水晶以前，它都不會停止侵蝕。

目前，這頭〈獸〉還不算多大。唯有這點，可以說比之前在港灣區塊遇見時來得幸運。

但是那並不能顛覆已經注定的完結。只代表有些許的緩衝時間。

原本正緩緩接近死亡的萊耶爾市，在此時沒兩下就一命嗚呼了。

所以自己等人能做的唯有一件事。盡可能挽救接下來應該只會有增無減的損害。

——費奧多爾當然發現了，那是有所矛盾的行為。自己有意與懸浮大陸群為敵，還要讓眾多懸浮島墜落，事到如今還介意為數不多的那些人命也沒有用。

不，才沒有任何矛盾。他用藉口壓抑直覺的觀感。自己的計畫要正式啟動是之後的事。目前還處於非設法保護當下身分不可的階段。這是扮演護翼軍優秀四等武官的一環。

「菈琪旭小姐，妳現在馬上帶她們倆回到一等武官身邊！」

「費奧多爾先生，你呢！」

「我的腿這樣，不能跟妳們一起去。我會另行通報市政府——」

大概回天乏術了吧，他暗自在腦海角落思考。

費奧多爾直覺認為自己應該沒救了。〈第十一獸〉的侵蝕速度絕不算快，但是那僅限於完全不對它施加多餘衝擊的場合。難以想像接下來這座都市，會沒有任何一個人對這種黑色的恐懼展開抵抗。哎，至少，憑自己這雙腿就不能樂觀看待。

因此，即使要死在這裡，他也不想連累她們三個。

費奧多爾決定了。能珍惜他人甚於自己的傢伙更要好好地活下去。為了創造容許那種想法的世界，他會付出自己的一切。他不希望再有任何人當著自己眼前死得像姊夫——說不定那個叫威廉某某的傢伙，還有叫珂朵莉什麼來著的偉大學姊也是——他們那樣。

所以，費奧多爾希望她們能長命一點。無論是菈琪旭、蘋果、棉花糖、緹亞忒、潘麗寶與可蓉。為此他將不惜——

「欸。」

缺乏緊張感的聲音。

「費多爾～那東西，你討厭嗎？」

是蘋果的聲音。

「是啊，討厭極了。」

他一邊下意識地如此回答，一邊環顧四周。越看就越覺得狀況莫名其妙。有座機械裝置構成的高塔，從塔底嚴重斜傾。灑落四周的瓦礫應該就是來自那裡。還有，可見範圍內並無人影。不知道應該慶幸沒有引發驚慌，還是該忿恨看待有所延誤的情報傳遞。

要怎麼做才會釀成這種大慘劇？無從得知。

「費多爾～討厭，那個東西……」

蘋果的聲音正在說些什麼。

費奧多爾確認過自己等人的現在位置以後，想起了關於這座塔的一件事。這是市營氣象觀測塔。因為危險遂在前些日子關閉的市營設施之一。那地方現在會呈現這種慘狀，難道是來不及關閉？或者另有關鍵原因？

「明白了，人家也討厭，那東西。」

因為他在想事情，而沒有發現。

於是要應對也致命性地晚了。

有個嬌小的人影一溜煙地從費奧多爾身邊鑽過，而他沒有發現。

「啊……」

「妳這傻……」

蘋果舉起不知道從哪裡撿來的小支金屬棒，正在奔跑。

費奧多爾的身體動不了。短瞬被延伸成永遠。在宛如世上一切都靜止下來的錯覺領域中，唯有蘋果的背影越離越遠。

看似快哭出來的菈琪旭大喊著什麼。靜止的世界中沒有聲音，費奧多爾聽不見她在喊什麼，內容卻大致曉得。而且，此時此刻，他覺得自己肯定也喊著一樣的話。

鏗。

金屬棒敲中了黑水晶。

〈第十一獸〉會將受到的衝擊，轉換成侵蝕的衝勁。窸窣聲微微響起，原本是金屬棒的物體瞬間變成黑水晶。

蘋果的右手黑得發亮。

傻瓜，快住手。

趁現在還有辦法，雖然得切掉右手，至少命能保住。

費奧多爾想那樣大喊。

聲音出不來。

蘋果一臉不可思議地看了自己的手以後，立刻就像失去興趣似的重新轉向〈第十一獸〉，然後抬腳用力踩下去。

侵蝕，再次發生於剎那之間。

侵蝕鞋子。侵蝕腳跟。侵蝕小腿。〈獸〉在剎那間吞下一切。

絕望將費奧多爾的意識染成了一片空白。

蘋果失去了平衡。因為她差點跌倒，就用左手扶了附近的瓦礫。光是那樣，手掌就與黑水晶同化了。

蘋果「唔～」地顯露出不悅了。

明明想打垮討厭的東西，卻沒有能用的手段。右手握著原本是金屬棒的東西凝固了，還黏在敲下去的地方動也動不了。左手則是貼在瓦礫上面。而兩腳上也有類似的東西。

感覺蘋果思考了。

而且她似乎已經發現。即使手腳都不能動，自己還剩下一種可以解決討厭鬼的手段。

費奧多爾沒有咒脈視之力。換句話說，他身上沒有能感應魔力催發的便利技能。

即使如此，他還是曉得。此刻蘋果的身體被某種能量包裹著。

從蘋果體內湧出的某種能量，正包覆著小小的身軀。

不知道為什麼，他想起了之前與緹亞忒的口角。

捨棄自己的性命拯救他人，那樣的歪理費奧多爾無法接受。

假如有生命必須犧牲他人的命才能活下去，乾脆消失好了。

他如此認為。如此相信著。

所以，他要她住手。

即使得靠祈禱，即使得靠懇求。

「住——」

白茫。

壓倒性的純白色彩，將視野與意識全部塗滿。

以知識而言，他曉得。這就是所謂的「打開妖精鄉之門」。以往多在與〈第六獸〉的戰鬥中使用，是妖精兵原本的利用方式。

只有不具正規生命者才可能動用的魔力祕招。魔力是與活力相反的元素，越是缺乏生命者越能旺盛催發。因此，如果是本來就不具生命力之人，理論上能催發的力量就沒有止盡。

當然，那種超乎常軌的力量根本不可能駕馭得住，所以利用的方式只有一種。當場讓魔力連同肉體一塊炸開，將一切都轟爛。如此而已。

伸出去的手，搆不到任何人，摸不著任何人，抓不住任何人。於是……光芒。

將一切——

†

不知道經過了多久的時間。

†

看得見藍天。

茫然仰望著上頭的費奧多爾，突然回過神來。

傷勢會痛。

這表示自己還活著。

待在妖精鄉之門開啟地點的人，理應會消失得不留痕跡。明明應該是如此，當下自己卻沒有消失，還站在這裡。

那到底是怎麼回事？答案只有一個。妖精鄉之門根本沒有開啟。而蘋果根本就沒有捨棄她的性命。

希望綁住了費奧多爾的腦袋。

他拋開萬般道理，巴著那一個幻想不放。

沒錯，他趕上了。蘋果還在這裡。什麼都沒有失去。那傢伙跟平時一樣活蹦亂跳。只要叫她一聲，只要跟她對上眼，她肯定又會叫著「費多爾～」的名字衝過來。

他緩緩地垂下目光。

地上開了大洞。

足以將三四層樓高的建築物吞下整整一兩棟的巨大坑洞。

原本應該位於坑內的東西全都消失蹤影。而位於坑外的東西，也已熔化、起火、變形、炸飛，全都失去原形。

「啊……」

有聲音冒了出來。

「……你……醒來了嗎……」

費奧多爾聽見了細細的聲音。

直到此時他才發現，自己和棉花糖都被一名少女用力地摟著。

「咦……」

燃燒般的紅髮。

一瞬間，他認不出那是誰。

「太……好了……」

即使如此，他對聲音仍然有印象。

怯弱、溫和而又溫柔，是那個最喜歡家人的女孩的聲音，事到如今他絕不可能聽錯。

「菈琪旭……小姐……？」

少女的手臂失去力氣。

她就像滑了一跤，然後，當場倒下。

這裡剛才發生過什麼，費奧多爾終於理解了。

蘋果確實開啟了妖精鄉之門。

她將抹滅周圍一切的白色暴虐，解放了出來。

而且，原本費奧多爾等人應該也逃不過那暴虐的漩渦。然而，菈琪旭在那時候成了護盾。在四名妖精兵當中資質最高的她盡己所能，催發魔力保住了抱在懷裡的兩人。

於是，在那之後。

超出肉體強度的魔力熱能，會讓原本就屬於一時性的人格變得不穩定……她之前這麼說過。恐怕，那就是發生在她身上的一切。為了保護費奧多爾與棉花糖兩人，菈琪旭將自己的心燃燒殆盡了。

蘋果與菈琪旭。

為了重視的他人。

為了比自身性命更寶貴的他人。

名符其實地，奉獻了自己。

──我啊，並不喜歡所謂的美談。

──無論是為了世界或別人都好，反正只要是為了保護那些，就讓犧牲者本人心滿意足地拋棄性命的美談，我從以前就討厭到極點──

費奧多爾喊了出來。

吶喊的內容，連他自己也不明白。

喉嚨早就超出了極限。

聲音變得完全發不出。即使如此，少年仍不停吶喊。

5. 在黑暗中

日與夜，交互輪迴。

說是結束任務的緹亞忒與可蓉回來了。

而菈琪旭——從那之後就一直沉睡著。明明絲毫沒有外傷，卻醒不過來。即使喚她的名，即使握她的手，即使拍她的臉。無論做什麼都一樣。簡直像把整顆心遺落在什麼地方了。

「關於她們倆名字的事，你還記得嗎？」

被這麼一問，費奧多爾抬起臉龐。

在醫務室的床舖上。

左腿的傷尚未痊癒。麻醉藥效若在半夜消退，仍會痛得令人想哭。

「咦？」

「蘋果和棉花糖的正式名字。不是跟妖精倉庫聯絡過了嗎？」

聽了緹亞忒的話，他開始回憶。啊，的確，印象中有談過那些。因為拿以往使用過的妖精名字取名會犯忌，所以在正式取名之前，都要用取得草率的外號稱呼她們。

「我記得啊。」

費奧多爾露出笑容，然後回答。

他對掩藏心思的笑法有自信。畢竟自己是墮鬼族。

「所以，那怎麼了嗎？」

「收到回覆了。菈恩托露可學姊幫他們倆取了正式的名字。」

「啊～……」

這樣嗎。那倒也對。當然了。

遲早會來的一天，在什麼時候來到都不奇怪。

老是用外號也多有不便。恐怕那位叫菈恩什麼來著的學姊，也盡可能用心地趕著幫她們取了名字吧。

只是，來不及了。

該接受名字的對象，已經缺了一半。

「然後呢，蘋果真正的名字是——」

「不。」

他搖頭。

「希望妳別說。對我而言，今後那孩子還是一直叫蘋果。」

「可是。」

「妳們以後要怎麼改換對她的稱呼，那都無所謂。只是，對此我不會讓步。」

「……嗯。」

緹亞忒垂下臉龐。

蘋果與〈第十一獸〉一同消失了。

菈琪旭·尼克思·瑟尼歐里斯仍舊沉睡著，醒不過來。

這項消息，同時將希望與絕望帶給護翼軍第五師團。決戰時沒辦法動用屬於頂級戰力的瑟尼歐里斯，肯定是一大絕望。然而黃金妖精的魔力攻擊，可以對任何攻擊都起不了作用的〈第十一獸〉產生效果，能同時釐清這一點，也是極大的希望。

畢竟蘋果既非成體，也沒有帶著遺跡兵器，就發揮出那種威力消滅了〈第十一獸〉。

換成是緹亞忒、可蓉、潘麗寶這三枚已完成的兵器，更不知道能用多大的威力消滅敵人。

這項發現，被視為費奧多爾的功勞。

塔爾馬利特上等兵挖苦似的告訴他，照這樣，要升三等武官也指日可待了。

「那麼，我只講其中一個。你聽聽棉花糖的新名字就好。」

「反正不久之後，她就要被帶去那座妖精倉庫了吧？再也見不到面的小孩名字，聽了有什麼用。」

「你說那話，並不是認真的吧。」

「…………」

「不要做落寞的抵抗。因為那種謊話，你講得很爛。」

費奧多爾無話可回。

「名字的拼法是R、Y、E、H、L。」

「難唸。」

「沒辦法啊。我們的名字是歸納成文字的古代語單字，還要替換文字的順序加強意義，經過許多道手續才取出來的……好像啦。」

「哦。」

的確。以往聽過的那些妖精名字都頗具特色，應該說，盡是在其他種族聽不到的名字。假如說當中有其意義，姑且能讓人信服。

話雖如此，就算學到那樣的小知識，倒也沒什麼益處。

「表示在文件上會書寫成精靈Ｒｙ嗎？所以呢，那樣拚出來的名字要怎麼唸哩？蕾兒？黎赫兒？」

「莉艾兒。」

緹亞忒一邊在眼前的半空中寫出文字，一邊叫出那名字。

「從今以後，那孩子的名字，就叫莉艾兒。你先為她記著。」

「死者之夢」

-fragile reunion-

那名少女察覺到了，自己正處於淺眠之中。

†

從一開始，就沒有人站在自己這邊。

畢竟，那是身為一家之主的母親所提出的主意。而且，當時在那個家裡，敢對一家之主的意見置喙的人，連一個也沒有。父親、祖父母、哥哥與姊姊，都露出同樣的笑容點了頭。

太好了，這樣妳也能得到幸福嘍——他們異口同聲地這樣重複告訴她。

他們談的是政治婚姻。

少女當時七歲，而男方聽說十歲。

少女的手腳長著野獸般的濃密體毛。頭頂上生有小小的三角形耳朵；雖然看起來不顯眼，從臉頰還冒出了六根鬍鬚。

若是所謂的貓徵族(Ailuranthropos)，毛就不會長得這麼半吊子。長相也是，她長得塌鼻子小眼睛，簡單說就是跟獸人差遠了。但即使如此，懷有些許「種徵」的那副身軀，與完全的無徵種還是大有分別。

因此，少女從出生時就是孤單的。

生在有悠久歷史的無徵種之家，卻成了既非無徵種也非獸人的缺陷品，完全不懂得像樣的親情，就這樣長到了七歲。

此時找上門的，便是讓她感到疑惑的這樁政治婚姻。

年幼的少女並不了解那到底是怎麼一回事。周圍也沒有人為她詳細說明。所以，她就解讀成似乎要跟某個不認識的人見面，然後被迫暫時跟對方在一起。

她覺得害怕。

她感到排斥。

反正看了自己這顆頭，任誰都會擺出厭惡的臉。視心情而定，有的人還會動手動腳。那樣的她應該獨自縮在暗處。那樣最合適，何況只要那麼做，每個人都可以省得不開心。

明明如此，又為什麼要把她拖出來見光呢？為什麼要把她擺到某個人身旁呢？

少女在心裡懷著如此的疙瘩——連化為言語的勇氣都沒有——就前往相親的地點了。

於是，她認識了一名少年。

將詳細經過省略，只談結論吧。

少女一下子就迷上那個少年了。

在相親現場，那名少年表現得極為「普通」。即使看了少女這個不像無徵種的無徵種，或者不像獸人的獸人模樣，他也沒有露出嫌惡或輕蔑，何止如此，甚至連好奇的目光都沒有，態度就像在對待她這個年紀的小孩。

那樣就夠了。

或者說，那正是她需要的。

從出生以後，少女第一次能哭、能笑、能撒嬌、能生氣得像個少女。她得以明白，那是可以讓自己感到十分幸福的事情。

報告過彼此相處融洽的事以後，母親曾為她開心。還說「墮鬼族的人逗起貓狗果然厲害」，笑得十分高興。雖然不太懂意思，但這樣的自己能讓母親開心就好了，少女心想。

她聽說，結婚就是要永遠永遠在一起的約定。

她聽說，婚約就是約好要永遠在一起的約定。總覺得詳細的定義好複雜，當時年幼的少女並沒有很懂。

少女家裡希望能用體面的方式把麻煩趕走，少年家裡希望跟少女家裡結成關係。在少女的頭上，兩家人利害一致了。

那些大人的事情，對小孩來說並沒有多重要。

重要的是，以後她每週可以跟最喜歡的少年見一次面。

家人認同那一點（無論情感上怎麼想），甚至還願意給予後援。

少年個性溫柔。不管少女怎麼要任性，他都肯笑著接受。

少年博學多聞。每次見面，他都會教少女許多不曉得的事。

既然可以和那樣的他一直在一起，說不定自己非常有福氣呢，她也冒出過這樣的想法。

原本只有夜晚的世界裡，照進了光明。

對少女來說，那是段每天都十分開心的日子。

†

再次重申。那名少女察覺到了，自己正處於淺眠之中。

目前在她身邊繽紛怒放的花朵，倒映著陽光的湖泊，還有白色耀眼的庭院。全都是理應早就不存在於這個世界的東西。當她能像這樣再次見到那片景色時，這裡就只有可能是夢境。

正如所料。在那座庭院的屋簷下，有兩個小孩的身影。

一個是年幼時的少女本人。年紀大概八歲左右。她脫掉附帽子的長袖針織毛衣，把真面目與雙臂暴露在太陽底下。好似貓徵族一般——卻絕非貓徵族會有的耳朵，與兩條手臂的體毛。

另一個是銀色頭髮的少年。他比少女本人大三歲，因此這時候是十一歲。有著感覺相當誠懇且圓滾滾的紫色眼睛——不過據當事人所說，他本身是墮鬼族，而墮鬼族無一例外地都是差勁的騙子，所以她最好要小心。

（——記得他那樣告訴我時，我還笑著說「你騙人～」）

少年當時那張臉，她記得很清楚。

彷彿身為墮鬼的自尊心受傷而懊悔，同時，又好像以個人身分得到信任而慶幸般，不可思議且複雜的表情。現在回想，當他像那樣把情緒露骨地表現出來時，以騙子來說大概就已經不夠格了吧。

少女在稍有距離的地方停下腳步，然後望向自己與他以前的臉龐。

他們倆隔著石雕的桌子，面對面地坐著。目光則落在桌上排著各種棋子的遊戲盤。

（啊——好懷念。）

那是仿照古代戰爭設計的遊戲。

他說過，他很會玩那個。

少女希望多跟他相處一點時間，就向他學了那種遊戲的規則。她希望討他開心，所以下了苦功去研究。起初接近零的勝率逐漸增加，直到接近五成，於是等到她發現以後，已經追過少年的棋藝了。

在狀況特別好的日子，她甚至有過讓少年毫無招架能力地大獲全勝的記錄。當時她一度非常高興，隨後又相當害怕。她連忙向少年道了歉。還求他不要討厭自己。

少年露出了看似有些出乎意料的表情，然後笑了。

接著他就說，既然妳能喜歡這個遊戲到變得這麼厲害的程度，教妳玩也就值得了。當然他自己也有骨氣，並不打算就這樣一直輸下去。他會變得更強，然後立刻還以顏色，所以記著吧——

——結果，他是個騙人的墮鬼。

在那之後，他根本一次也沒有還以顏色。

他們沒有那種時間。後來沒過多久，日後被稱為艾爾畢斯事變的事件就在那天發生了。名為〈廣覆的第五獸〉的災厄，將艾爾畢斯集商國連同他與他的未來一起連根吞沒。

生前的少年在笑。

年幼時的少女也在笑。

而現在的自己，無法靠近他們倆。

少女停留在遠處，沒有再繼續移動腳步。

因為那是美好的回憶。

因為那是她希望能保持在美好狀態的記憶。所以不可以碰。不可以靠近。不可以扯上關係。不可以將其玷汙。

忽然間，少年像是察覺什麼似的，抬起了臉龐。

他左右張望，然後把臉轉到了少女這邊。

他露出不可思議的臉。

張開嘴巴。

叫了少女的名——

†

——傷勢的痛楚，令她扭動身子。

†

瑪格．麥迪西斯用力睜開眼睛。

眼皮底下的光明消失，現實的陰暗闖進眼裡。

「……這裡是……」

自己無意識的嘀咕，讓意識急速醒覺。被石塊與金屬板所包圍，萊耶爾市特有的建築物中的一個房間。那是她為了以防萬一，選來作為個人避難場所的藏身處之一。

在那之後，她勉強從塔裡逃脫。還躲過女性士兵趕來展開的追擊，再逃進狹窄巷道穿梭奔走，然後逃到這個地方，便失去了意識。

側腹好似抽筋般疼痛。她繃緊臉孔，並且起身。

「我……還活著……？」

她確認傷勢。雖然包紮得不太好，起碼血止住了。當下似乎不會馬上有攸關性命的危險。

瑪格靠近窗邊，偷偷窺伺外頭的狀況。原本街上的行人就極端稀少，所以難以分辨，但可見範圍內的景象是和平的。至少在可見範圍內，沒有那可憎的黑色形影。

「記得『小瓶』明明打破了一組……」

那顆玻璃珠，還有封在其中的〈第十一獸〉一旦遭到解放，在吞下整座懸浮島以前絕不會停下來，是極致的災厄。沒有任何一種手段能阻止其肆虐。應該是這樣的。

「護翼軍採取了什麼措施嗎……？」

儘管難以想像，卻也想不出其他的可能性。

火一般的焦躁感，在內心深處微微搖曳。

護翼軍有辦法阻止〈第十一獸〉。未曾聽過有那種事，在以往也從來沒想過。

當然了。因為那一天，護翼軍沒有保住三十九號懸浮島。

該拯救的事物，該拯救的人們，他們都沒有救到。

她認為那是無可奈何的事。要擊退〈獸〉的攻勢本來就不可能。無論是護翼軍或者任何人，都無法防止那樣的事態才對。

然而，或許事情並非如此。

或許那時候，護翼軍就有對抗〈第十一獸〉的手段了。不僅如此，或許他們還捨棄了一座懸浮島。光想到那種可能性，心坎裡就像怒火點燃似的開始發熱焦慮。

——停下吧。這種想法只是在遷怒而已。

瑪格嘆了一口氣，離開窗邊。

她拿起擱在桌上都沒動的面具。

每到準狄德兒納奇卡梅路索爾奉謝祭的時期，就會流行的白色木製面具。在生死交會的季節裡，用來讓生人與死者互相接觸的小道具。

戴上這塊面具的人，會變得誰也不是。既非生人也非死者，只要變成夾縫中的存在，反而就可以見到任何人——相傳它就是這樣的物品。

原本，那只是讓她覺得在市內潛伏會變得輕鬆點的小道具。但現在，她卻對好似胡說八道的那項傳說與這塊面具，抱有一絲感謝的心意。

瑪格想起剛才的夢。

自己確實見到了想見的人。再一次見到了在那天不幸喪命的未婚夫，自己最喜歡的少年所露出的笑容。

「……謝謝你，費奧多爾。」

她喃喃嘀咕著未婚夫的名字，然後戴上面具。

再將披風披到肩膀，離開房間。

自己還活著。只要活著，就有該做的事。

「雖然是在夢裡……能再一次見到你，我好高興。」

或許是後記／肯定是後記

在即將告終的世界一角。體驗過結局的撒謊少年武官，遇見了準備要接納小小結局的少女兵器——

如此這般地，本作的故事就此展開。謹向各位奉上《末日時在做什麼？能不能再見一面？》的第二集。

另外，讀到這裡的讀者可能會覺得事到如今何必多提呢，不過還請讓我補充宣傳，本作另有相當於前傳的《末日時在做什麼？有沒有空？可以來拯救嗎？》一系列故事存在。全五集正由台灣角川發售中。若有讀者還沒讀過卻讀到了這篇後記，再三強烈建議您立刻趕去書店。

抱歉，後記才剛開始就全力打廣告。

再說聲抱歉，其實我還要再宣傳一下。應該說接下來才是宣傳的重頭戲。

首先要宣傳的第一件事情。

約一個月前在推特等處就宣布過了，於《月刊COMIC ALIVE》雜誌上，將開始連載前作《末日時在做什麼？有沒有空？可以來拯救嗎？》的改編漫畫版。

倒不如說，應該在本書發售日的稍早以前就開始連載了。

作畫是由せうかなめ老師擔任。

將能看到在小說中（說來理所當然就是了）珂朵莉與威廉他們原本只能透過文字來敘述的各種表情。不容錯過。我個人認為妮戈蘭小姐的各種表情令人期待再期待。

還有一件事。這部分是最新情報。

前作《末日時在作什麼……啊～這個標題重複寫到好幾次就顯得太長了呢，之後將簡略為《末日時（略）》……的動畫改編企畫目前正在進行中。

是的，沒有錯。就是會動會講話的那個動畫。

那群聒噪的小不點，好像要變得會動會講話了。

目前除了「正在進行中」外，還無法公布進一步的細節，詳細內容請容我改日再稟。

……完畢。以上是接連兩條關於作品多媒體化的消息。

該怎麼說呢，心情很不可思議。

我在寫小說之際，多少會有「要運用小說這個媒體才能呈現的手法」這樣的意識。換個方式來說，就等於「難以用其他媒體重現的呈現手法」了。畢竟，要是用在小說以外呈現也不成問題的演出方式，特地寫成小說或閱讀的意義就會變得薄弱。假如能讓讀過的人多感受到一點非得是小說才有的臨場感，身為用小說這種形式來提供故事的人，還是會覺得欣慰。

那樣的故事，將重新編織成其他媒體的作品。

那幾乎等於要把原本用小說形式最佳化的故事，以能夠導出其他魅力的方式重新編排。這表示往後將有我不曉得的《末日時（略）》誕生，而我還能以一名讀者／觀眾的身分來享受。

令人欣喜欲狂，而且期待。我更希望能與奉陪這部作品到現在的各位讀者一同分享那樣的喜悅。

還有當然了，發起故事的小說這一邊，也會不落人後地繼續進行下去。

如履薄冰的日常正逐漸接近結局。連回首也不被允許的路上，一度停步的少年，又抬起臉龐開始前進。縱使那條路將通往吞沒一切的深淵；即使想見的人們，身影只存在於自己完全拋開的過去。

感覺下一集好像有可能推出那樣的劇情，希望能在不遠的將來向各位奉上。

那麼，但願我們能在某座懸浮島的天空底下再會。

二〇一六年　春　　　　枯野　瑛

國家圖書館出版品預行編目(CIP)資料

末日時在做什麼？能不能再見一面？/ 枯野瑛作；鄭人彥譯. -- 初版. -- 臺北市：臺灣角川, 2018.03-
冊；　公分

譯自：終末なにしてますか？もう一度だけ、会えますか？
ISBN 978-957-564-076-7(第 2 冊：平裝)

861.57　　107000207

Kadokawa Fantastic Novels

末日時在做什麼？能不能再見一面？ 2

（原著名：終末なにしてますか？もう一度だけ、会えますか？#02）

2018年3月26日 初版第1刷發行
2024年5月30日 初版第6刷發行

作 者：枯野瑛
插 畫：ue
譯 者：鄭人彥

發 行 人：台灣角川股份有限公司
總 監：呂慧君
總 編 輯：蔡佩芬
主 編：林秀儒
編 輯：彭曉凡
設計指導：陳晞叡
美術設計：李思穎
印 務：李明修（主任）、張加恩（主任）、張凱棋、潘尚琪

發 行 所：台灣角川股份有限公司
地 址：104台北市中山區松江路223號3樓
電 話：（02）2515-3000
傳 真：（02）2515-0033
網 址：www.kadokawa.com.tw
劃撥帳戶：台灣角川股份有限公司
劃撥帳號：19487412
法律顧問：有澤法律事務所
製 版：巨茂科技印刷有限公司
ISBN：978-957-564-076-7

※版權所有，未經許可，不許轉載。
※本書如有破損、裝訂錯誤，請持購買憑證回原購買處或連同憑證寄回出版社更換。

SHUMATSU NANISHITEMASUKA? MOU ICHIDO DAKE, AEMASUKA? Vol.2
©Akira Kareno, ue 2016
First published in Japan in 2016 by KADOKAWA CORPORATION, Tokyo.
Complex Chinese translation rights arranged with KADOKAWA CORPORATION, Tokyo.